KB015270

간호사가 만난 사람들

『그렇게 우리는 간호사가 되어간다』 그 후 이야기

간호사가 만난 사람들

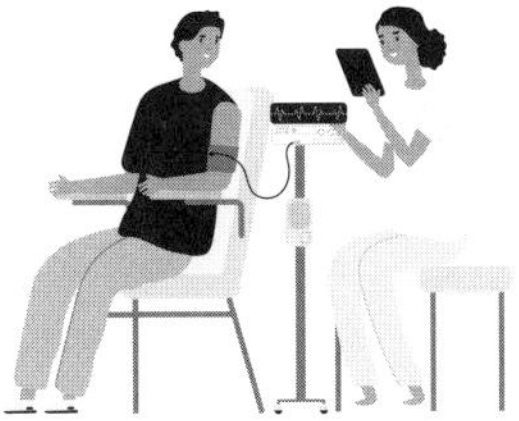

글 삼월이 김혜선

달의 뒤편

차례

응급실에 다녀왔습니다

살아가면서 가고 싶지 않은 곳 중 하나가 병원, 그중에서도 응급실일 것입니다. 원고 작업을 하는 동안, 꼬맹이가 전신에 두드러기가 나서 응급실을 가게 됐습니다. 그날은 꼬맹이의 첫 운동회가 있는 날이라 연가를 받았습니다. 몇 주 전 학부모 참여수업에 가지 못했기에 이번에는 꼭 참석하겠노라고 약속했습니다. 코로나로 2년 동안 운동회를 못 했던 꼬맹이는 3학년이 되어서야 처음 열리는 운동회를 무척 기다렸습니다. 그날 아침, 김밥을 싸는 저에게 꼬맹이가 다가왔습니다.

"엄마, 나 등이 간지러워."

등을 덮은 붉은 두드러기들은 사방으로 퍼지고 있었습니다. 어찌나 긁었던지 군데군데 손톱자국과 핏자국이 새겨져 있었습니다. 급한 대로 약을 먹이고 연고를 발랐으나 두드러기는 얼굴까지 번지기 시작했습니다. 외할머니, 외할아버지까지 우리의 행선지는 운동장 대신 응급실로 급하게 변경됐습니다. 기도가 붓기 시작하면 위험하니까요.

네 시간여 동안 치료를 받았습니다. 감기 증상이 있었던 터라, 꼬맹이는 격리실에서 치료받았습니다. 약효가 나타나면서 온몸의 붉은 기운과 가려움증이 덜해졌고, 퇴원을 했습니다. 그러나 밤이 되자 다시 시작됐습니다. 한번 전신을 강타했기에 번지는 속도가 빨랐습니다.

밤 10시가 넘어 다시 응급실. 차에서 내려 응급실로 향하는데 앞에 아이를 안은 엄마가 종종걸음으로 급하게 가고 있습니다. 도착하니 먼저 접수 중이었습니다. 그런데 안고 있는 아이가 한 명이 아니라 두 명이었습니다. 동생으로 보이는 아이를 아기띠로 멘 채 아픈 큰아이를 안고 뛰었던 겁니다. 엄마의 힘은 대단합니다. 접수를 마치고 아이를 의자에 앉히고 둘째는 여전히 아기띠로 메고 있는 엄마의 모습이 찡하고 안타까웠습니다. 옆자리에 앉은 아가 엄마에게 얼마나 힘드냐며 말을 걸었습니다. 그제야 숨을 돌리는 아가 엄마. 다행히 아가의 할머니와 아빠가 잠시 후 도착했습니다.

아가들이 많이 왔습니다. 낮에는 우리 꼬맹이밖에 없었는데 말이죠. 팔다리에 신체보호대를 채운 어떤 중년 여성은 격리실로 이송되고 있었습니다. 쉴 새 없이 소리를 지르며 온몸을 비틀고 버둥거렸습니다. 남편으로 보이는 분은 아무런 감정이 없는 굳은 얼굴로 침대 뒤를 따랐습니다. 여러 번 그런 상황을 접했던 것 같습니다. 간호사로서 환자에게 신체보호대를 적용한 경우가 저도 많았습니다. 치매나 섬망, 의식 저하 등으로 중요한 주사나 소변줄, 몸에 삽입된 기구나 관 등을 마음대로 빼버려 위험한 상황을 일으키거나 침대 밖으로 나가며 자해의 위험이 있을 때는 보호자 동의 하에 신체보호대를 적용합니다. 그 여성도 힘들겠지만 의료진도 매우 힘들었겠구나 하는 생각이 들었습니다. 신체보호대 적용 전부터 가만히 안 있었을 테고 몇 차례의 발길질과 숱한 욕설이 쏟아졌을 수도 있을 테니까요.

그 밤, 문진은 했지만 격리실이 없어서 되돌아왔습니다. 다행히 증상이 차츰 나아졌고 꼬맹이는 집에 오자마자 바로 뻗어서 잠들었습니다. 간호사로서의 이야기를 일상과 엮어 써가는 작업은 하루 사이에 두 번이나 응급실을 방문하면서 겪게 된 보호자로서의 경험과 분리되어 있지 않습니다. 삶은 내 뜻대로 되는 경우가 많지 않습니다. 날줄로 정교하게 줄을 내렸지만 치고 들어오는 씨줄에 의해 흔들리죠. 플랜

B, 플랜C를 만들어 놨다고 해도 계획을 훌쩍 넘어서는 씨줄일 때도 있습니다. 병원 특히 응급실에 오게 되는 경우는 씨줄의 흔들림 정도가 A부터 Z까지 다양합니다.

밤새 아이가 괜찮은지 살피느라 거의 밤을 지새우고 다음 날 동네 소아과를 갔습니다. 감기약과 두드러기에 바를 연고를 처방받기 위해서요. 이틀의 시간이 저에게도, 꼬맹이에게도 참 길었습니다. 소아과를 다녀오며 꼬맹이가 이야기합니다.

"엄마, 일상이 얼마나 행복한 건지 제대로 알게 됐어."

열 살 아이의 입에서 인생의 명언이 흘러나왔습니다. 그렇습니다. 일상은 소박하고 단순하지만 소중합니다. 일상 안에서는 소중함을 잘 모르지만 치고 들어온 씨줄에 의해 일상이 무너졌을 때 소중함을 절감합니다. 간호사로서 나의 이야기와 삶을 연결하는 작업은 일상을 잘 살기 위한 방법입니다. 일상과 일터의 이야기를 글로 써 내려가고 다시 일터에서 좋은 영향력으로 내뿜어지는 선순환의 삶 말입니다. 응급실 방문뿐 아니라 뜻대로 할 수 없는 씨줄 앞에서 어떻게 추슬러야 하는지 간호사를 하면서 많이 배웠습니다. 나뿐 아니라 내 앞에서 힘겨워하고 무너져 있는 동료, 후배, 환자, 보호자들을 어떻게 대해야 하는지도 더불어 배웠습니다.

꼬맹이와 응급실에 간 날, 정말 재수 없는 날일 수도 있습니다. 하지만 저는 오히려 감사했습니다. 연차였기에 바로 응급실로 갈 수 있었고, 엄마와 아빠가 동행해서 응급실 밖에서 기다리며 기도해 주셨으니까요. 엄마, 아빠도 제가 없었으면 얼마나 당황하셨을까요. 그리고 힘들 테지만 의젓하게 치료받는 꼬맹이에게도 참 고마웠습니다. 그렇습니다. 치고 들어온 씨줄에 대해 불평과 탓을 하는 대신 상황을 회피하지 않고 그 안에서 기도하며 할 수 있는 일들을 담담하게 처리해나가는 것이 가장 좋은 방법이란 걸 알았습니다. 또 인생은 사건이 아닌 사건에 대한 해석이라는 것도 다시 한번 깨달은 날이었습니다.

첫 책의 프롤로그에 '새벽 1시가 다 되어가는 이 시간에도 병원에서는 간호사들이 불을 밝힌 채 피곤함을 이기며 일하고 있을 거'라고 썼습니다. 지금도 마찬가지입니다. 여전히 그들의 수고로움에 미안하고 감사합니다. 응급실에서 만난 응급의학과 의사 선생님들과 간호사 선생님들에게 깊은 감사를 전하며 그들의 모습에서 나의 방향을 다시 한번 확인합니다.

책의 마무리 글을 써가는 오늘, 간호사의 길을 결정하고 지금까지 여러 고비를 거치며 여전히 간호사의 길을 가고 있는 나를 토닥여주고 싶습니다. 간호사가 되고 또 되어가는 나의 터전인 국립중앙의료원에서 만난 빛나는 '별'들에게 사랑의 마음을 전합니다.

글 쓰는 길을 가게 해주신 정예서 선생님과 항상 격려해주시는 멘토님 그리고 첫 책에 이어 두 번째 책도 흔쾌히 허락해주신 유심출판사의 이헌건 대표님께 감사드립니다. 마흔이 넘은 딸에게 아직도 전폭적인 기도와 지원을 아낌없이 쏟아주고 나의 두 딸을 지금도 사랑으로 키워주시는 사랑하는 엄마와 아빠께 무한 감사를 드립니다.

또한 집필 작업을 이해해준 나의 가족 암생 1호, 엄마라는 호칭을 처음으로 안겨주고 '내 엄마로 태어나줘서 고맙다'는 아름다운 말을 들려주며 예쁘게 성장해가는 암생 2호 수연이 그리고 발랄하고 창의력이 뿜뿜 솟는 기쁨 덩어리 암생 3호 수민이에게 고마움을 전합니다.

무엇보다도 나의 하나님, 감사합니다. 어떤 것으로 시작해도 나의 결론은 감사입니다. 모든 것이 은혜이며 감사입니다.

사랑하고 축복합니다!

사계절 모두가 삼월(三月)인 그녀
간호사 김혜선

1부

간호사가 만난 환자들

아저씨를 알게 되어 감사했습니다

병실에 들어서자마자 쌕쌕거리는 힘겨운 숨소리가 들려온다. 폐암 말기의 아저씨. 부리부리한 인상과는 달리 반전 매력이 있는 따뜻한 분이다. 일주일 전부터 상태가 급격히 악화됐다. 상태가 나빠져도 심폐소생술, 강심제, 기관내삽관을 하지 않겠다는 동의서를 얼마 전에 받은 터라 아저씨는 통증 조절과 보존적 치료만 하고 있다.

아저씨는 산소 콧줄을 꽂은 채 창밖을 바라보고 있었다. 퇴근 전에 병실 라운딩을 하던 나는 아저씨께 말을 붙였다.

"뭘 보고 계세요?"

"그냥… 그냥 나 때문에 … 우리 마누라가 너무 고생하는 거 같아서…. 말년에 내가 이런 병에 걸려서 우리 마누라가 안 하던 일을 나가. 새벽부터 말이지…. 미안해. 나 때문에 고생해서…."

부리부리한 눈에 눈물이 맺힌 걸 보고 아저씨 옆에 앉아 이야기를 나눴다.

“그 마음 꼭 얘기해주세요.”

“에이. 그걸 어떻게 얘기해.”

“아니에요. 미안하고 고마운 마음 꼭 얘기해주세요. 표현하지 않으면 잘 모를 수 있어요.”

난 속으로 ‘나중에 후회하시지 않게요.’라는 말을 삼켰다. 아저씨는 급하게 눈물을 훔치며 “내가 수간호사님 시간 너무 뺏었네. 미안해요.” 한다. 평소 눈물이 많은 내 눈에도 눈물이 고인다.

“미안하긴요. 내일 또 올게요.”

며칠 뒤, 병실 침대에 같이 앉아 있는 아저씨와 아주머니를 보았다. 두 분은 서로 존댓말을 썼다. 70대 부부가 서로를 살뜰히 아껴주는 모습은 그것 자체로 아름다웠다.

“안녕하세요. 김OO님이 우리 보호자분을 엄청 아끼시는 거 아세요? 고생이 많다고 걱정하세요.”

“아저씨가 고생이지 내가 뭘요.”

“우리 집사람이 나 때문에 고생이야.”

아저씨는 눈물이 나는지 호흡기 치료기를 얼른 켜고는

입에 넣는다. 흐르는 눈물을 부인에게 보이고 싶지 않아 치료기의 시끄러운 소리에 울음을 감춘다. 아주머니는 아저씨와 반대 방향으로 앉아 창문을 보며 말없이 눈물을 흘린다. 두 분의 애틋한 마음이 밀려온다.

몇 시간 후, 정수기의 물을 받는 아주머니에게 다가갔다. 언젠가 아저씨의 마음을 전해줘야겠다고 생각했기에 말을 건넸다.

"김OO님이 부인을 무척 생각하세요. 저에게 그러셨어요. 자기 때문에 고생이라 미안하다고. 그 얘기 꼭 하시라니까 못 하시겠대요. 제가 대신 전해드려요."

아주머니는 이내 눈물을 글썽인다.

퇴근시간이 한참 늦은 금요일 오후. 마지막으로 병실 라운딩을 갔다. 아저씨는 숨이 많이 차서 앉는 것도, 눕는 것도 버거워하고 통증도 심했다. 아주머니와 같이 아저씨 손을 양쪽에서 잡고 한참 동안 등을 쓸어주었다. 오늘 퇴근하고 나면 다시 못 볼 것 같아 아저씨의 영혼을 위해 기도했다. 아저씨는 심한 통증 때문에 내가 옆에 있는지도 몰랐다. 아주머니와 같이 아저씨를 눕혔다. 그제야 나를 알아보고는 "미안해요. 고마워요." 하며 희미하게 웃는 아저씨. "내가 시간

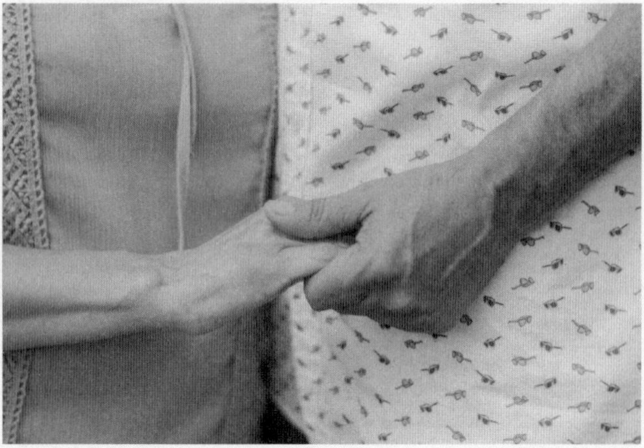

사진 Unsplash

을 너무 많이 뺏었어. 감사해요. 감사해요…."

주말이 지나고 월요일 아침, 아저씨 자리에는 다른 환자가 와 있었다. 예감이 맞았다. 먹먹함이 밀려왔다. 병원은, 환자가 사망하자마자 자리가 비워지고 얼마 지나지 않아 다른 환자로 채워진다. 슬픔에 잠겨 있을 시간을 허락해주지 않는다. 쉬지 않고 밀려오는 일들로 인해 아저씨만을 애도할 수가 없었다.

퇴근 후 병원 장례식장으로 향했다. 아주머니는 나를 보자마자 또 눈물이다. 밥 못 먹고 간다는 나에게 떡을 한아름 싸주신다. 괜찮다고 해도 아주머니는 꾹꾹 담는다. 아주머니의 따뜻함으로 오늘의 피로가 누그러진다.

아저씨, 하늘에서 아주머니 지켜봐주세요.
아끼는 마음, 바람에 실어 전해주시고요.
아저씨를 알게 되어 행복했습니다.
그리고 감사합니다.

또 다른 아저씨 1편

"에이 씨발, 니미럴. 새끼들이 날 뭐로 보는 거야."

"환자분 욕하지 마세요!"

"씨발 새끼. 칼로 확 찔러버릴까 보다!"

간호사실 바로 앞 병실에서 난무하는 환자의 욕설과 이를 막으려는 담당 간호사의 목소리가 들려온다. 바로 일어나 병실로 향한다.

"서OO님 왜 그러세요? 저한테 얘기하세요."

나는 환자를 진정시키고 담당 간호사를 내보냈다.

"씨발 새끼들이 내가 만만한가 계속 굶기고 뭐 하자는 짓이야! 이거 다 빼버려. 나 퇴원할 거야! 퇴원할 거라고! 내가 말이야, 교도소에 있을 때 내 배를 내가 찔러서 교도관들을 꼼짝 못 하게 했던 사람이야. 다 찔러버리고 나갈 거야!"

아저씨는 전형적인 노숙자다. 술을 마시고 서울역 앞에 쓰러져 있다가 119를 타고 우리 병원에 이송되었다. 응급실에서 검사한 전해질 수치는 엉망이었고, 산소 수치도 낮았기에 고농도 산소요법을 위한 장치와 폐에 고인 체액을 빼내는 흉관까지 삽입한 상태였다. 심부전으로 인한 숨찬 증상이 차차 호전되더니 이젠 밥을 안 준다고 난리다. 아저씨에게는 치료를 위한 금식은 중요치 않다. 당장 밥을 주지 않는 것 자체가 불만이다. 금식도 치료의 한 부분임을 받아들이지 못한다.

"내가 5일 동안 술만 하루 다섯 병씩 먹고 밥은 한 끼도 안 먹었어. 병원에 왔는데 이틀 동안 밥을 내내 안 주네. 이게 뭐 하는 짓이야? 나 당장 나갈 거야. 죽더라도 나가서 죽을 거라고!"

"아까 의사 선생님이 설명해 주셨잖아요. 초음파검사를 했더니 간이 좋지 않은 상태라 또 관을 삽입할지 몰라서 금식을 유지하셔야 한다고요. 알겠다고 대답하셨잖아요."

"……."

"우리가 일부러 굶기는 거 아니에요. 식사해도 되면 제가 밥 많이 청할 테니까 조금만 기다려보세요. 의사 선생님이 최대한 빨리해 주려고 얼마나 노력하는데, 욕하고 화내시면 어떡해요."

"아니, 그래도 밥은 먹어야죠. 일주일째 밥 안 먹어봐요. 사람이 돌아버리지."

"그럼 밥을 먹지, 술을 왜 그렇게 먹었어요. 밖에 있을 때는 우리가 안 준 거 아니잖아요."

"술을 먹으면 밥 생각이 안 나요."

"그땐 술 먹느라 밥 안 먹고, 병원에서는 살려주느라 밥 안 주는 건데 이렇게 욕하는 거예요?"

"……."

"암튼 의사 선생님께 빨리해 달라고 또 말씀드릴 테니까 조금만 기다려주세요."

"알았어요."

20여 분이 지나 담당 전공의가 병실에 들어가는 걸 보고 바로 따라 들어갔다. "환자가 자는데요?" 하면서 나가려는 전공의를 붙잡았다.

"잠 안 자요. 좀 전까지 한참 욕했으니까, 선생님이 설명 좀 잘해주세요."

"환자분 지금 상태가 많이 안 좋아요. 지금 나가면 죽을 수도 있어요. 폐도 안 좋고, 심장도 폐의 체액 때문에 눌려 있고, 간도 안 좋아요."

"정말요? 그것 참 큰일이네요. 그렇게 안 좋단 말이죠?"

놀랍도록 순해진 아저씨는 담당의의 설명을 고분고분 들었다. 담당의가 현재 상태에 대해 설명하자 밥 내놓으라고 목소리 높이며 욕할 때와는 달리 눈도 못 마주치며 얌전히 대답한다.

심혈관조영실의 C에게 연락을 했다.

"OO 선생님 검사실에 계시니? 내가 OO 선생님 환자 때문에 하도 욕을 먹었더니 배가 부르다고 전해주렴."

OO 선생님은 환자의 주치의다. 심혈관조영실에서 같이 일한 터라 편한 사이다. 오후에 회진을 왔다가 간호사실로 들어와서는 "욕 많이 먹어서 배부르다면서요?" 하며 웃는다.

"내가 선생님 환자 때문에 밥을 안 먹어도 배가 불러요."

"욕 많이 먹어서 오래 살겠네요."

"아니, 그걸 덕담이라고 하는 거예요 지금?"

두런두런 이야기하면서 병실로 향했다. 회진 30여 분 전에 아저씨는 병실에서 담배까지 피웠다. 주치의 선생님은 상태 설명을 하면서 치료방침을 잘 따라줄 것을 당부했다. 아저씨는 그 뒤로 조용해졌다.

금식이 풀리고 며칠 잠잠하더니 또 욕을 걸쭉하게 한다.

"씨발, 관을 빼준다고 하더니 뭐 하는 거야! 말만 하고 가버리더니 코빼기도 안 보여. 아까 의사 세 놈이 와서 씨발, 나불거리고 가더니 말만 하고 안 나타나 씨발. 그러려면 뭐 하려고 의사를 해! 나가서 뒈져야지."

잠시도 쉬지 않고 욕을 한다. 그러더니 달고 있던 심전도 모니터의 전극을 다 뽑고 산소포화도 측정기를 던진 후 침대에 있는 본인 짐도 바닥에 내팽개친다. 다행히 침대 옆에서 있던 나를 향해 던지지는 않았다. 담당 간호사가 뛰어와 옆에 섰다. 나는 조용히 입 모양으로 "담당의 연락해 줘!" 하며 나가라는 손짓을 했다.

"많이 짜증나시죠?"

"그거야 당연하지. 계속 침대에서 꼼짝도 못 하는데 안 힘들겠어요? 담배를 필 수가 있나 돌아다닐 수가 있나."

"그렇죠. 얼마나 힘들겠어요. 근데, 지금 폐에도 관이 있고 소변줄도 꽂았잖아요. 이거 빼고 괜찮아지면 나가야지, 그냥 나갔다가 소변 보고 싶은데 못 보면 어쩌려고 그래요? 생각해보세요. 마려운데 못 보면 얼마나 힘들겠어요?"

"…그래도 너무 답답해요."

마침 병실로 들어오는 담당의.

"환자분 힘드시죠?"

"아침에 빼준다고 하더니 오후 1시가 넘었잖아요."

"흉부외과에서 보고 빼준다고 하는데 아직도 수술 중이네요. 조금만 기다려주세요. 치료해드리려고 하는데 이렇게 자꾸 욕을 하시면 안 되죠. 간호사님들이 무슨 잘못이 있어요."

바닥을 향해 시선을 떨구고는 아무 말도 못 하는 아저씨에게 조용히 말했다.

"아까 의사 선생님 오면 가만 안 있겠다고 하셨잖아요. 지금 얘기하세요."

담당의가 나간 후 아저씨와 대화가 이어졌다.

"이제 욕 안 하고 기다려주실 거죠?"

"아는데요, 한 열흘 커피도 못 마시고 담배도 못 피웠더니 죽겠어요."

"커피 드시고 싶어요?"

"그럼요."

"믹스커피?"

"아무거나요."

"잠깐 기다려봐요."

믹스커피 한 잔을 건넸다.

"뜨거우니까 천천히 드세요."

"예예."

사진 Unsplash

두 손으로 종이컵을 감싸고는 홀짝홀짝 마시는 아저씨.

"맛나네요."

병실을 나오려고 하는데 아저씨가 말을 잇는다.

"저기요. 내가 부모님은 없고 형제 하나 있었어요. 이제 연락은 안 하죠. 그리고… 아들이 하나 있었는데 자살했어요. 그러고 나서는 내가 이렇게 살아요, 서울역에서. 마음 둘 곳이 없어서요."

"……."

다 마신 종이컵에 한참 시선을 고정한다. 말썽쟁이 아저씨로만 생각했는데 이렇게 묵직한 아픔이 있었다니. 아무런 말도 하지 못하고 가만히 이야기를 들었다. 삶의 무게와 인생의 갈림길이 여러 가지임을 생각하게 하고 마음을 찡하게 했던 아저씨. 이제 찬찬히 치료를 잘 받고 퇴원해서 안정적인 삶을 살았으면 하는 소망을 갖도록 해주었던 아저씨.

그러나 나의 마음 찡함은 잠시였다. 교육 출장으로 병동을 비운 사이 아저씨는 사라졌다. 의료장비인 심전도 모니터의 전극까지 붙인 채 도주하면서 '장비 분실 사유서'와 '도주 보고서' 등 수많은 일거리와 또 다른 마음 찡함을 안겨주고 말이다.

또 다른
아저씨 2편

병동에서 근무하며 알게 된 독특한 서류 양식이 있다. 경력직 신규 간호사 대다수가 당황하고 낯설어하는 것, 바로 '도주 보고서'다. 노숙자 환자들이 많다 보니 치료가 끝날 무렵 또는 퇴원 당일 수납을 안 하고 도망가는 경우가 종종 있다. 대부분 연락처뿐 아니라 보호자도 없고 휴대전화도 없다. 혹 전화가 있어도 받지 않는다. 도망간 환자가 돌아오기를 기다리지만 나타나지 않으면 결국 도주 보고서를 작성해야 한다. 환자의 이름, 병명 및 상태와 경과가 기록된 서류를 작성한 후 원무팀에서 퇴원 처리한다. 일반 병원에서는 보기 드문 진기한 서식이다.

심전도 모니터의 전극을 붙인 채 도주하여 마음을 철렁하게 만든 노숙자 아저씨가 또 입원했다. 욕도 걸쭉하게 해

대고 옆자리 환자와 여러 차례 싸우고 말썽을 일으키는 아저씨지만 밉지는 않다. 폐에 물이 고여 이번에는 튜브를 세 개나 꽂고 응급실을 통해 입원했다. 경과를 보면서 하나씩 제거하고 한 개의 흉관만 남은 날, 어디선가 소변이 찌든 고약한 냄새가 간호사실까지 퍼졌다. 냄새의 진원지인 병실을 가보니 아저씨가 슬금슬금 옷을 꺼내고 있었다. 서울역 앞에서 뒹굴며 살았으니 빨래를 했을 리 없다. 술과 소변 그리고 토사물이 범벅된 아저씨의 옷이 담긴 봉투가 열린 순간 '악취 판도라의 상자'는 봉인이 풀렸다. 마스크의 장벽을 뚫고 들어온 냄새의 수준으로 보아 응급상황이었다. 상황을 바로 파악하고 급히 달려가 봉인했다.

노숙자 환자가 입원하는 경우 샤워부터 시켜야 하는 경우가 많다. 소화기내과 병동에서 근무할 때 노숙자 아저씨들의 머리를 여러 번 감겨봤다. 샤워기의 물은 떡진 머리카락을 적시지 못하고 또르르 흘러내렸다. 샴푸를 아무리 쏟아 부어도 거품이 나지 않았다. 몇 달은 너끈히 감지 않은 듯한 머리카락은 샴푸와 물의 진입을 쉽게 허용하지 않았을 뿐 아니라 머리카락 사이로 파고드는 나의 손가락을 철저히 방어했다.

아저씨는 흉관 때문에 샤워를 할 수 없었다. 나는 급한 대로 물수건으로 온몸과 머리를 닦아주었다. 다행히 머리는 빡빡 민 상태라 물수건으로 해결할 수 있었다. 온몸이 가렵다는 아저씨의 몸에 바셀린을 발라줬다. 나의 장미향 로션을 선물로 주고 바르도록 했다. 장미향에 아저씨의 옷냄새가 조금씩 사그라들었다.

"나 커피 한잔 먹고 싶어요. 담배를 계속 못 피웠더니 커피 생각이 더 나네."

전에 타준 커피가 생각나는 것 같아 한 잔 드렸다.

"고마워요. 맛있네요."

판도라의 상자 속에 있는 옷은 도저히 입을 수가 없는 수준이라 사회사업팀에서 옷과 세면도구를 기증받아 아저씨에게 전했다. 보라색 티를 입고 좋아한다. 옷이 날개라더니 나름 잘 어울렸다. "이야 서OO님 예뻐지셨어요." 하고 칭찬해 주니 무척 수줍어한다.

다음 날, 아저씨는 흉관과 연결된 배액통이 달린 채 사라졌다. 또 도주한 걸로 생각했는데 다행히 돌아왔다. 무단 외출을 다녀왔기에 한마디 하려는데 아저씨가 조용히 이야기한다.

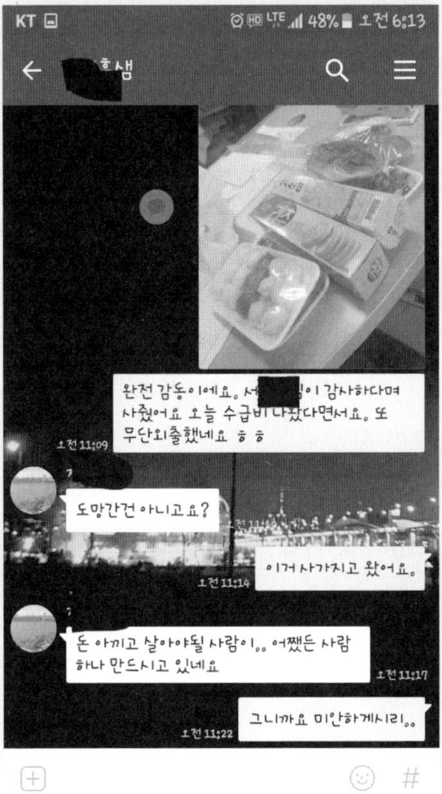
KT
48% 오전 6:13
[redacted]샘
완전 감동이에요. 서[redacted]이 감사하다며 사줬어요 오늘 수급비 나왔다면서요. 또 무단외출했네요 ㅎㅎ
오전 11:09
[redacted]
도망간건 아니고요?
이거 사가지고 왔어요.
오전 11:14
돈 아끼고 살아야될 사람이.. 어쨌든 사람 하나 만드시고 있네요
오전 11:17
그니까요 미안하게시리..
오전 11:22

"오늘 의료수급비가 나오는 날이라 밖에 다녀왔어요. 이것 좀 드세요. 고마워서 좀 샀어요."

까만 봉지를 책상에 들이밀고는 병실로 돌아간다. 나라에서 매월 지원금을 받는 아저씨에게는 수급비가 한 달 생활비인데, 그중 일부를 떼서 과자와 떡 등을 사온 것이다. 아저씨에겐 큰돈일 텐데 말이다. 돌아왔으니 다행이지만 걱정과 고마운 마음이 교차했다. 담당 주치의에게 문자로 환자의 귀환을 알렸다.

이제 아저씨는 흉관을 다 제거했다. 도주할 계획을 세우고 있는 건 아닌지 모르겠지만 치료 잘 받고 건강이 호전되어 퇴원했으면 좋겠다.

아저씨 큰 선물, 고마워요! 간식 사주고 도망가시면 안 돼요! 꼭 치료 잘 받고 회복한 후에 퇴원하세요!

그녀,
H님

수간호사로 발령받고 일하게 된 새로운 근무지. 낯선 병동 그리고 낯선 이들과 같이 일하는 시간에서 낯익음을 발견하면 안도감과 안정감이 느껴진다.

"어머, 선생님 여기로 오셨어요?" 하며 나를 반기는 환자.

첫눈에 알아봤다. 심혈관조영실로 로테이션되기 전까지 근무했던 병동에서 만난 H님이라는 걸. 당시 그녀는 결핵으로 폐가 많이 망가져 한쪽 폐를 수술했고, 한동안 잘 지냈으나 재발됐다. 항상 밝고 유쾌하며 치료 과정을 잘 따라주었기에 담당 간호사였던 나는 H님을 볼 때마다 참 좋았다. 병실에 갈 때마다 고맙다고, 친절하다고 이야기해주었던 마음 따뜻한 그녀를 수간호사가 된 후 다시 만나게 됐다. 피가 섞인 가래가 조금씩 보이기 시작해 입원했으나 다행히 별다른 이상이 없어 아침 회진 후 퇴원 날짜가 정해졌다.

병실 라운딩을 간 나에게 H님이 살갑게 말을 건다.

"선생님, 살 빠졌나 봐요. 힘들죠?"

"일이라는 게 그렇죠 뭐. 어디 쉬운 게 있나요?"

"그때 샘이 정말 잘해줘서 나 엄청 고마웠어요."

"제가요? 저 별로 한 게 없는데요."

"아니에요. 그때 완치된 줄 알았는데 재발해서 정말 힘들 때였어요. 친정 식구들한테도 알리지 않고 그냥 입원했거든요. 이대로 죽어버릴까 하는 생각까지 했어요. 그런데 샘이 정말 따뜻하게 대해줘서 버틸 수 있었어요."

"제가요? 그건 H님이 잘 견뎌내신 거예요. 주말에도 보호자분들이 면회 오시는 걸 못 봐서 틈틈이 병실에 갔던 건 사실이지만, 저 그렇게 잘해드리지 못했어요."

"아니에요. 그전까진 환자와 간호사는 별개라고 생각했는데 그땐 정말 샘 때문에 버텼고, 지금까지 살아있는 거예요."

당혹스러우면서도 미안했다. 내가 전한 말 한마디가 누군가를 기운나게 할 수 있다는 것까지는 수긍하겠지만, 누군가의 생명을 꺼뜨리지 않을 수 있다는 건 믿기지 않았다.

"샘이 저보다 어리죠? 그런데도 정말 많이 의지가 됐어요. 고마워요. 이제야 얘기해요. 조무사 샘들이 수간호사님을 어떻게 아냐고 물어봐서 내가 아주 큰 은혜를 입었다고 했어요."

"에이 그만해요. H님이 워낙 밝고 좋은 분이라 그런 거라니까요."

"샘, 눈물 나네요."

그녀의 눈가가 촉촉해졌다. 나 또한 눈에 물기가 번졌다. 눈물을 들켜 멋쩍고 H님의 이야기에 마음이 찡했다. 병실을 나오며 여러 가지 감정이 교차했다. 내 말 한마디가 누군가의 인생 노선을 바꿨다니, 보통 일이 아니었다. 내가 던진 말 한마디의 씨앗이 그녀를 살렸을 뿐 아니라 나에게도 5년 후 좋은 열매로 맺어졌다.

그녀는 내가 간호사로서 잘 살아왔다는 사실뿐 아니라 앞으로 가야 할 방향도 알려줬다. 그때의 나는 열심히 한다고 했지만 여전히 가야 할 길은 멀고, 매일 헛발질을 한 것만 같았다. 스스로 부족함을 많이 느껴 그만둬야겠다는 마음이 떠나지 않던 시간이었다. H님의 이야기를 들으며 내가 이렇게 중요한 일을 하고 있다는 걸 느끼게 해줌에 감사했다.

그날 이후 '나 하나로 될까?' 하는 마음을 '나라도 해보자!' 라는 마음으로 바꿨다. 문제가 여기저기서 터지고 머리 아픈 일들이 줄 서 있지만 부족한 나를 보듬어주고 옆에서 다독여주는 이들이 있어 오늘도 힘을 내본다. 지나온 곳에서 만난 인연이 끊어지지 않고 다른 곳에서 또다시 이어지는 선순환이 신기하며 감사하다. 곁에 있는 좋은 이들로 인해 부족함이 채워지는 나의 일터는 열심히 일해야 하는 곳이면서 동시에 따뜻함의 충전지다.

어머니는 안 한다고 하실 거예요

간호사는 상담을 많이 한다. 수간호사가 된 후에는 더 많다. 별거 아닐 수 있지만 한편으로는 어깨가 무거운 일이다. 누군가의 고민을 듣고 공감하기 위해서는 고민의 무게만큼 같이 젖어 들어야만 가능하다.

B할머니는 여든이 넘었다. 화장실에서 넘어지면서 고관절이 골절됐고 숨쉬기 힘든 증상이 심해져 입원했다. 40킬로그램도 안 되는 자그마한 체구의 할머니는 수술결정을 앞두고 있었다. 주보호자는 아들이었다. 호흡기에 문제가 있는 할머니의 수술은 쉬운 문제가 아니었다. 그러나 아들은 생각보다 시원스럽게 수술에 동의했고, 곧 수술청약서를 받을 예정이었다. 그런데 얼마 지나지 않아 말이 바뀌었다.

"다른 형제들이 수술 못 시키겠다고 하네요. 의사 선생님께 전해주세요."

사공이 많으면 배가 산으로 간다는 말 그대로 보호자가 많으면 결정이 쉽지 않다. 청약서를 받으러 왔던 정형외과 담당의는 오후 5시까지 상의해서 알려달라고 한 뒤 돌아갔다.

잠시 후 간호사실 안쪽까지 성큼성큼 들어오는 아들.

“이럴 땐 정말 어떻게 해야 하는 건가요? 어렵네요. 수간호사님의 어머니라면 어떻게 하시겠어요?“

하던 일을 멈췄다. 간호사실은 번잡한 곳이라 얘기할 만한 곳이 아니었기에 옆방으로 자리를 옮겼다.

“제가 혼자 어머니와 살고 있어요. 장남도 아니에요. 다른 형제들은 잘 와보지도 않으면서 이래라 저래라 하니까 사실 화가 나요. 저는 돈이 얼마가 들더라도 수술을 했으면 좋겠어요. 사실 연세가 있으시기 때문에 수술을 받다 돌아가셔도 여한이 없어요. 그런데 형제들이 안 된다고 하니 제가 어떻게 해야 할지 모르겠어요.”

쉽지 않은 결정이다. 하지만 나는 성급하게 의견을 제시하지 않는다. 개인적인 의견이 아닌 의료진의 입장이라고 생각할 수도 있고, 주치의의 치료 방향과 맞지 않는 경우 곤란해질 수도 있기 때문이다. 그리고 대부분 보호자 스스로 방향을 결정한 상태이기에 이야기를 나누는 동안 본인이 정리하는 경우가 많다.

"어머니 돌보는 게 쉽지 않으시죠? 게다가 형제분들 의견이 달라서 맘도 불편하시고. 결정하기 어려우시죠?"

"네. 제가 뭐 칭찬 듣자고 어머니 모시는 건 아니지만 순간순간 힘들 때가 있네요. 내 뜻대로 뭔가를 정하기도 어렵고요. 수술을 해야 할까요, 말아야 할까요?"

"이건 제 의견인데요, 먼저 어머님께 물어보셨나요? 수술을 받고 싶으신지."

"어머니는 안 한다고 하실 거예요. 저 힘들다고."

"그래서 안 물어보신 거죠? 그런데 수술받는 당사자는 어머니세요. 어머니의 의견을 먼저 물어보셔야죠. 가장 중요한 본인 의사는 물어보지도 않고 보호자들끼리 의견이 갈려서 싸우는 경우가 많더라고요. 하지만 당사자가 원치 않았는데 수술이 진행되면 나중에 낫고자 하는 의지가 없어서 치료 과정도 쉽지 않아요. 그러니 어머님께 꼭 여쭤보세요. '수술을 받아야 한다는데 어머니는 어떻게 하실래요?' 하고요."

"어머니는 안 한다고 하실 거예요."

아들은 눈물이 글썽글썽해졌다. 휴지를 가져다주고 조용히 기다렸다. 어려운 결정의 순간, 형제들은 의견이 갈리고 의료진에게 더 물어보고 싶지만 바쁜 담당의에겐 결정해서 알려달라는 답변만 들을 뿐이다. 보호자들은 기댈 곳이 없다. 양쪽 모두의 사정을 알기에 보호자의 이야기를 들어주고 마음을 정리할 시간을 준다. 몇 시간 후 아들은 수술을 안 하기로 결정했다고 알려왔다.

퇴근길, 오후 6시 반쯤 친분이 있는 호흡기내과 전문의 선생님으로부터 문자 메시지가 왔다.

"저녁에 CPR(cardiopulmonary resuscitation, 심폐소생술) 담당이 어디에요?"

"데이타임에는 우리 병동이고 3시 이후에는 OO병동이에요. 그리고 양쪽 병동에서 지원을 오고요."

"지금 △△병동에서 코드블루 방송이 나서요."

△△병동은 바로 우리 병동이다. 퇴근 전까지 심정지(arrest)가 날 만한 환자는 없었는데 누구일까?

할머님이었다. 심장마사지를 하면서 처치실로 옮겨 기관 내삽관을 하려던 찰나에 아들이 거부했다고 한다. 이전에 어머님이 그런 걸 원치 않는다고 말씀해놓으셨다고 한다. 할머니는 수술을 결정해야 한다는 이야기를 들으며 아들의 마음을 충분히 헤아리셨을 것이다. 자식에게 어려움을 주지 않으려는 마음은 세상 모든 엄마의 공통분모다. 엄마의 수술을 원하는 아들의 마음과 그런 아들에게 미안하고 더 이상 어려움을 주고 싶지 않은 엄마의 마음이 내 안에서 교차한다.

그 여자
보고 싶지 않아요

병원 특히 병동에 있으면 인생 모음집 같다는 느낌이 들 때가 많다. 외래나 검사실은 환자들이 잠깐 스쳐가지만 병동에서는 입원 동안 계속 보기 때문에 더 많이, 더 잘 알게 된다.

간경화 진단명으로 입원과 퇴원을 반복하던 우OO님. 항상 오시던 보호자가 부인이 아님을 알게 된 건 사망 얼마 전이었다. 뭔가 사연이 있겠구나 싶었지만 물어볼 수 없는 일이었다. 아저씨의 상태는 하루가 다르게 나빠졌다. 병실에 들어가니 보호자(동거인)가 아저씨 손을 잡고 이야기하고 있다. 그녀의 눈에 눈물이 맺혀 있다.

"아침 일찍 오셨네요."

"일 나가기 전에나 볼 수 있어서요."

아저씨의 상태는 하루가 다르게 나빠져 중환자실 입실

및 연명치료 등을 어떻게 할 것인지 결정해야 했다. 병원비는 아저씨의 동생이 지불하고, 그녀는 같이 살고 있지만 법적으로는 권한이 없는 상태였다. 아저씨의 산소포화도는 오르내리기를 반복했다. 간이 많이 손상된 터라 채혈과 주사 부위는 시퍼렇게 멍이 들었고 배는 복수로 부풀어 올랐다. 각종 감시 장치와 주사들로 연결된 아저씨는 힘겹게 산소호흡기에 의지해 숨을 쉬면서도 내가 곁에 갈 때마다 그래도 희미하게 웃어주었다.

아침에 출근하니 밤 근무 간호사들이 분주하다. 처치실에 있는 환자는 아저씨였다. 들어가서 확인하니 이미 모니터상의 심박수는 '0'이고 심전도는 일직선이다. 아침 7시 사망 선언. 법적인 보호자 즉 아저씨의 동생에게 연락하는 담당의. 논산 쪽에서 지금 출발하겠다고 한다. 또 다른 보호자인 그녀에게 전해주니 동생과 마주치고 싶지 않다고 한다. 남은 짐을 정리하며 눈물을 흘리는 그녀에게 다가가 어깨를 토닥였다.

"자식이 셋이나 있는데…. 이제껏 안 보고 살았어도 아버지 돌아가셨다고 알려는 줘야 할 텐데…."

"제가 동생분 오시면 말씀드릴게요. 직접 연락하시기는

어려우실 테니…."

"그렇게 해주세요. 부탁드려요. 짐도 싸갈 게 없어요. 그냥 다 여기서 알아서 해주세요."

그녀는 눈물을 닦으며 아저씨 손을 잡고 한참을 바라보다가 떠났다.

세 시간 후쯤 동생 도착.

"고향으로 모시려고요. 혹시 같이 옮겨주실 분 따로 없나요? 저희끼리는 어려울 것 같아서요."

"제가 도와드릴게요."

"아니에요. 수간호사님은 하지 않으셔도 돼요. 그냥 저희가 할게요."

그는 손사래를 친다. 시신을 만지면 부정을 탈 수 있다며 나를 배려한다. 하지만 수많은 사망환자를 접해 봤기에 나는 개의치 않았다.

"자녀분들께 연락해주실 거죠?"

"안 할랍니다. 여태 연락 안 하고 지냈는데 이제 와서 무슨…. 셋 다 잘 돼서 잘 살고 있는데 분란 일으키고 싶지 않아요. 형이 사업할 때 잘나가기도 했지만 몇 번 말아먹었어요. 그러면서 형수랑 사이가 안 좋아졌고, 헤어지면서 자식들은 형수가 데려갔죠. 이미 형은 그 여자랑 살고 있었으니까요. 형이 증권이랑 재산이 어느 정도 있었는데 야금야금 다 빼돌렸어요. 그 여자 보고 싶지 않아요."

"제가 다른 건 모르겠고요, 형님께 잘하셨어요. 그건 알아주세요. 정말 자녀분들께 연락 안 하실 거예요? 아버지인데 돌아가신 건 알아야 하지 않을까요?"

입을 꾹 다물고 단호하게 고개를 젓는 동생.

"저는 이만 가보렵니다. 애쓰셨어요. 고맙습니다."

또 한 분이 세상을 떠났다. 아름다운 이 세상 소풍을 끝내고 기분 좋게 축복받으며 가는 이는 그리 많지 않았다. 평소 관계가 좋지 않았던 가족들은 죽음 앞에서 분란이 더 커지기도 한다. 죽음을 생각함은 삶을 생각함이다. 삶의 연속선상에 죽음이 맞닿아 있기 때문이다. 가까이에서 죽음을 접하면 부정을 타거나 무섭지 않냐고 묻는 이들이 있다. 난 괜찮다고 대답해준다. 조금 전까지 내가 담당하던 환자의 숨이 멎었다고 갑자기 가까이하지 말아야 할 대상으로 여기는 건 간호사인 나에게 맞지 않기 때문이다.

20대 때부터 죽음을 접했기에 삶에서 추구해야 할 가장 중요한 것이 무엇인지 일찍부터 생각하게 됐다. 간호사라

해도 누구나 죽음을 바로 옆에서 대할 수 있는 건 아니다. 처음에는 적지 않은 스트레스였지만 나중에는 보호자들을 위로하고 죽음이 가까이 온 환자들의 손을 잡아주고 기도해줄 수 있게 됐다. 잠깐이라도 누군가의 손을 잡고 마음속으로 기도해줄 수 있는 내가 될 수 있었던 건, 간호사가 되어가는 지독하게 힘든 시간을 통과하면서였다. 죽음에 이르지 않도록 최선을 다해 치유를 돕는 것이 간호사의 일이지만 한편으로는 죽음에 잘 이르도록 하는 것도 간호사의 일이다. 죽음을 일의 한 부분으로만 바라보지 않고 환자를 인격체로 보고 보호자들까지 총체적으로 볼 수 있는 마음의 여유와 넉넉함을 키워가는 건 여전히 진행 중이다. 그렇게 나는 간호사가 되어가고 있다.

진상

『표준국어대사전』에 의하면 '진상'은 '겉보기에 허름하고 질이 나쁜 물건을 속되게 이르는 말'이다. 꼴불견 행동으로 주변에 폐를 끼치는 사람을 일컫는 말이기도 하다. 진상은 밉상과 통한다. 환자 중에도 진상이 있다. 입만 열면 욕과 성희롱을 달고 사는 윤OO 환자. 70대 할아버지가 이렇게 저질스럽고 못될 수 있는지 매일매일 신기록을 경신한다. 어제보다 더 업그레이드된 질펀한 불평과 욕설을 날마다 선보인다.

> 아까 윤OO님 IV라인(정맥주사) 잡으려고 C와 J가 계속 보다가 제가 같이 잡았거든요. 혈관 나오라고 계속 팔 잡고서 두드리고 만지작만지작하니까 할아버지가 '영계들이 하도 만져대서 내가 달아올라 죽겠네.' 하는 거예요. 하… 진짜….

그래서 손녀뻘 애들한테 무슨 말씀하시는 거냐고
주의는 줬는데, 다시 생각해도 진짜 소름 돋아요. ㅜㅜ

병동 단체 대화방에 올라온 글을 보고 '진상'이라는 단어가 절로 떠올랐다. 도대체 간호사들을 어떻게 생각하기에 이런 이야기를 스스럼없이 하는지 모르겠다. 한두 번이 아니고 입에 늘 달고 있다. 간호사들이 겪는 모멸감을 어떻게 막아줘야 할까. 정색하고 그만하시라고 해도 막무가내다. 주치의에게 사정을 이야기했지만 당장 퇴원을 시킬 수 있는 상태가 아니라 난감해한다.

할아버지는 숨이 차서 뒤로 넘어갈 판이라더니 후끈 달아오른단다. 말을 그만해야 숨이 덜 찰 텐데 쉴 새 없이 큰 소리로 떠든다. 독불장군 같은 태도 때문에 병실 다른 환자들과도 이미 여러 번 싸움이 났다. 집안에 이런 식구 하나 있으면 온 가족이 괴롭다. 가족 입장에서는 병원에 두고 잠시라도 안 보는 게 숨 돌리는 시간일 것 같다.

보호자인 아들과 면담을 시도했지만 안타깝게도 아들은 지적장애가 있어서 대화가 어려웠다. 이후 면회 온 여동생과 면담을 했다. 여동생은 오빠가 어떤지 잘 알고 있었다. 오빠를 타이르기도, 구슬리기도 하며 간호사님들에게 이상한 소리 하지 말고 잘 지내라고 이야기한다. 하지만 알았다는 대답뿐 동생이 가고 난 뒤 또 시작이다.

"이거 보라고! 니들이 치료를 똑바로 못해서 내 불알이 이렇게 땡땡 부었잖아!" 하면서 병실에서 바지를 내리고 나에게 삿대질을 하는 이 할아버지를 도대체 어떻게 대해야 하는가. 인간의 품격은 어디로 간 것일까.

누구는 100을 해줘도 욕을 하고
누구는 10을 해줘도 감사해한다

장례식장에 들렀다 퇴근했다. 우리 병동에 입원해 있던 김OO님이 어제 하늘나라로 가셨다. 환자의 여동생 세 명이 돌아가며 환자의 곁을 지켰는데, 우애가 좋고 작은 일에 감사하는 좋은 에너지를 가진 가족들이었다. 결혼 안 한 언니를 동생들이 살뜰히 살피는 모습 자체가 아름다움이었다.

입원하던 날, 환자의 상태가 좋지 않았다. 소변줄을 잡아 뽑으려 하고 계속 침대에서 내려오려고 해서 밤 근무 내내 담당 간호사가 고생했다. 수축기 혈압이 80대로 체크되어 승압제를 달았다. 폐암 진단명으로 입원한 환자는 머리와 간까지 전이가 된 상태여서 더 이상의 적극적인 치료를 하지 않기로 했다. 입원 이틀째부터 환자의 의식이 점차 흐려졌다. 승압제 용량을 높였음에도 불구하고 혈압은 서서히 떨어졌다. 입원 사흘째, 주치의는 오늘 밤을 넘기기 힘들 것 같으니 가족들에게 임종 준비를 하시도록 이야기했다. 가족들은 상의 후 환자를 6인실에서 1인실로 옮겼다.

수축기 혈압이 40대까지 떨어졌지만 오르내리기를 반복하며 일주일 정도를 더 버텼다. 의식 상태는 가끔 눈을 뜨고 끙끙거리는 정도로 거의 비슷했다. 그러고는 조용히 하늘나라로 가셨다. 참 예쁘게 돌아가셨다. 입원하기 전까지 일상생활 하다가 서울숲으로 조카들과 소풍 다녀온 뒤 입원을 했다. 하룻밤에 가시면 가족들 서운할까 봐 열흘 정도 계시면서 가족 모두와 인사를 나누고 가셨다.

힘들게 세상을 떠나는 환자를 너무도 많이 봤기에 잠자듯 찬양이 흐르는 가운데 가시는 모습이 참 예뻤다. 크리스천이었던 환자의 가족은 평소 환자가 좋아하던 찬양을 잔잔하게 틀어놓았다. 청력은 끝까지 남아 있는 감각기관이기에 평소 좋아하던 음악을 틀어주면 환자가 편안하실 거라는 나의 이야기를 듣고 동생이 틀어놓으신 거였다. 관계가 좋지 않은 가족은 평소에 고인이 어떤 음악을 좋아했는지 모를뿐더러 알고 있어도 하고 싶지 않아 했다.

환자와 가족들의 모습은 평안해 보였다. 마음으로 언니

를 아끼는 모습이 겉으로도 드러났다. 다른 보호자들과 차이점은 미소와 감사였다. 다른 환자들에 비해 더 많은 간호를 해드린 것이 없음에도 병실에 갈 때마다 보호자들은 고마움을 표하셨다. 간호간병 통합병동이라 기저귀를 갈거나 체위 변경을 해주면 팔짱을 낀 채 '욕창이 생겼네' 어쩌고 지적하며 손 하나 까딱하지 않는 보호자들도 있는데, 이분들은 손사래를 치면서 자신들이 알아서 하겠다며 바쁜데 일 보시라고 등을 떠밀었다. 온갖 욕설과 응급상황 등을 마주하다가 이 병실에 들어가면 잠시 산림욕장에 온 듯했다. 주고받는 대화 가운데 따뜻한 기운을 받고 한껏 충전이 된 상태로 병실을 나섰다. 병실 밖은 또 전쟁이다. 멀리서 들리는 욕설.

"저 간호사 년들이 나를 죽여!!"

주사를 놓으려는 간호사에게 발길질을 하고 욕을 끊임없이 해대는 환자다. 극명한 차이다. 누구는 100을 해줘도 욕을 하고 누구는 10을 해줘도 감사해한다. 감사와 미소의 소중함 그리고 어떤 모습으로 살아가야 할지 오늘도 현장에서 인생 공부를 한다.

저번에는 딸이라고 하시더니 이번에는 사촌 조카라고 하시네요

내과 병동은 환자의 중증도가 높아 간호사들이 대부분 기피하는 곳이다. 일도 힘들지만 환자 상태를 예의주시해야 하기에 정신적인 스트레스 또한 높다. 조용하면서도 분주히 움직이지만 언제 응급상황이 터질지 모르기에 근무시간 내내 촉수가 예민하게 세워져 있다.

준중환자실은 병동 내에서도 가장 중증도가 높은 환자들로 채워져 있다. 다섯 명의 환자 중 세 명은 의식이 없다. 세 명은 기관절개관(목 부위 윤상연골 아래에 외과적 절개를 한 뒤 기도 유지를 위해 삽입한 관)을 하고 있어 수시로 간호사들이 가래를 뽑아준다. 식사는 비위관(무의식 환자나 구강으로 섭취가 불가능한 환자의 영양공급 및 투약을 위해 코를 통해 위까지 삽입한 튜브)을 통해 들어간다. 대소변도 간호사와 조무사가 치워낸다. 게다가 세 명 중 한 명은 인공호흡기까지 하고 있다.

또 다른 한 명은 당뇨병성 케톤산증 진단으로 두 시간마다 혈당을 측정하여 수치를 조절하고 있다. 마지막 한 명은 폐렴, 어깨골절, 치매, 욕창을 가지고 있는 아흔두 살 할머니다. 이 할머니는 우리 병동에서 퇴원해 요양병원으로 간 지 2주일 만에 다시 왔다.

할머니 옆에는 좀 유난스러운 보호자가 자리를 지키고 있었는데 이번에도 동행했다. 월요일부터 금요일까지 오전부터 오후 3시 정도까지 자리를 지켰는데, 우리를 여간 들들 볶는 게 아니었다. 환자와 관계가 어떻게 되는지 물었더니 사촌 조카라고 한다. "저번에는 딸이라고 하시더니 이번에는 사촌 조카라고 하시네요." 했더니 어물쩍 넘어간다.

할머니는 입원한 다음 날, 오른쪽 팔이 부어올랐다. 의식이 명확하지 않은 할머니는 몸을 만질 때마다 "아, 아, 아파." 라는 말만 할 뿐, 구체적으로 어디가 아픈지 말하지 못했다. 혹시나 해서 오른쪽 팔에 끼워져 있던 정맥주사를 뺐지만 부기는 가라앉지 않았다. 엑스레이를 찍었더니 어깨 가까운 팔 쪽의 뼈가 골절이다. 누워 있던 할머니의 팔뼈가 부러졌으니 난리가 났다. 사촌 조카라는 보호자와 딸은 무섭게 나를 몰아세웠다.

"어제 응급실에서 올 때만 해도 이러지 않았어요. 오늘 아침에 몸무게 잰다고 기계로 들어 올릴 때 함부로 팍팍 움직여서 그런 거 아니에요? 그거 아니면 우리 엄마가 이렇게 될 리가 없다고요! 요양병원에 있을 때도 이 언니가 매일같이 가서 온몸을 샅샅이 훑어보고 닦아주며 확인하기 때문에 저희가 잘 알아요. 그땐 전혀 그러지 않았다고요."

기가 막혔다. 침대에서 떨어지거나 넘어진 것도 아닌데, 가만히 누워 있는 할머니의 팔뼈가 부러졌으니 말이다. 억울하지만 병원에서 책임지라며 몰아세우는 보호자들에게 할 말이 없었다. 주치의도 당황스럽긴 마찬가지였다. 일단 정형외과에 의뢰하여 급하게 치료를 했다. 나이와 컨디션을 고려하면 수술은 어렵고 보존적인 치료밖에 할 수 없는 상황이었다. 할머니의 정형외과 치료가 마무리되는 걸 보고 나서야 뒤늦게 퇴근을 할 수 있었다.

다음 날 아침 주치의 회진 후, 사촌 조카 보호자는 당혹스러운 표정으로 어딘가에 전화를 걸었다. 한참을 통화한 후 나에게 다가와 강하게 항의했다.

"응급실에서 찍은 사진에도 뼈가 부러졌다고 선생님이 얘기해줬는데, 절대 그럴 리가 없어요. 제가 응급실에 같이 있었고, 할머니가 박수도 쳤거든요. 뼈가 부러졌으면 아파서 움직이지도 못했을 거고, 그쪽이 퉁퉁 부었을 텐데 그땐 안 그랬어요. 그리고 그런 게 나왔으면 그때 바로 얘길 해줘야지 왜 이제 와서 하는 거죠? 선생님 좀 다시 만나게 해주세요."

마침 간호사실에서 처방을 내고 있던 담당의가 "이쪽으로 오세요. 제가 설명해드릴게요." 하고는 응급실에서 찍은 영상을 보여주며 조목조목 설명했다. 안도의 한숨이 절로 나왔다. 우리의 잘못이 아님이 증명됐으니 말이다. 더 이상의 항변을 하지 못하고 보호자가 간호사실을 나가자마자 난 담당의에게 격하게 고마움을 표했다.

"샘! 완전 고마워. 내가 샘 엄청 사랑하는 거 알지? 고마워요!"

담당의는 씩 웃었다. 순식간에 마음의 짐이 사그라졌다. 곧바로 몸무게 측정을 했던 조무사님들에게 이 사실을 알렸다.

조심해서 열심히 했음에도 문제가 생기면 당혹스럽다. 특히 노인들은 참 어렵다. 입원해 있는 동안 하나가 회복되었는데 또 하나의 병이 생기는 경우가 있다. 최대한 조심하지만 욕창이 생기거나 화장실에서 미끄러져 골절을 당하면 난감하다. 게다가 보호자들이 '너희가 제대로 하지 않아 이런 일이 발생했다.'라고 몰아세울 때면 벼랑 끝에 선 것만 같다. 담당의의 설명으로 억울함이 벗겨졌지만 우리의 잘못이라고 모질게 다그치던 보호자는 사과 한마디 하지 않았다.

살얼음을 디디는 듯한 아슬아슬함, 무게감과 책임감으로 병동을 떠나는 간호사들이 많다. 간호사면허 소지자 가운데 절반만 현장에서 일하는 현실을 보면 확인할 수 있다. 잘못을 질책하고 따지는 상황을 마주하는 건 언제 겪어도 쉽지 않다. 잘못을 했으면 잘못한 대로 괴롭고 잘못이 없으면 입증할 수 없어 괴롭다. 이런 상황이 닥칠 때마다 나 또한 마주하고 싶지 않고 도망가고 싶다. 하지만 자리를 지키는 것이 책임감이라는 걸 알기에 묵묵히 감수한다.

책임을 져야 한다는 무게감이 짓눌러 올 때마다 이외수님의 긴급 처방 '존버' 정신을 떠올린다. '존버'는 '존나 버텨!'라는 뜻이다. 말 자체가 원색적이어서 그런지 입에 착착 달라붙는다. 언제까지 버틸 수 있을지 모르지만 '그래, 이번 것만 버텨보자.' 하며 자리를 지킨다.

토요일 아침, 꼬맹이가 깨기 전까지는 자유시간이다. 주로 음악을 틀어놓고 다이어리를 정리하거나 읽고 싶었던 책을 읽는다. 이번 주는 무척 힘들었다. 능력의 한계인 것 같아 자책감도 많이 들고, 우리 간호사실을 잘 지켜줄 수 있을까 하는 자신 없음과 이 일을 계속해야 하나 하는 회의감도 들었다. 복합적이고 부정적인 감정의 밀물이 몰려올 때는 옆 병동의 선배에게 가서 하소연을 하며 풀곤 했는데 이번 주는 선배마저 휴가여서 더더욱 버거웠다. 겉으로 잘 내색을 안 하는 스타일인 탓에 스트레스는 고스란히 몸으로 나타났다. 어깨가 뻣뻣해지고 등줄기가 딱딱하게 굳는 게 느껴졌다. 주말 동안 나를 추스른다. 그리고 다시 한 주간을 버텨낼 힘을 얻어본다.

2부

간호사의 일터

행복이 스며드는 순간들

마르셀 프루스트의 『잃어버린 시간을 찾아서』에는 주인공의 어린 시절로 거슬러 올라가게 하는 매개물로 '마들렌'이 나온다. '마들렌'은 삶의 의미를 찾고자 하는 갈망과 작가의 꿈을 지녔던 때로 돌아가게 하는 시작점이 된다. 나에게 출근길 차도 옆으로 만발한 장미는 전혜린의 『그리고 아무 말도 하지 않았다』에 나오는 '늦장미의 복잡하고도 엷은 색깔과 향기'라는 글귀를 떠오르게 하며 행복감을 느끼게 하는 매개물이다.

산다는 일, 호흡하고 말하고 미소할 수 있다는 일,
귀중한 일이다. 그 자체만으로도 의미 있는 일이 아닌가.
…… 지금 나는 아주 작은 것으로 만족한다.
한 권의 책이 맘에 들 때, 또 내 맘에 드는 음악이 들려올 때,

또 마당에 핀 늦장미의 복잡하고도 엷은 색깔과 향기에 매혹될 때, 또 비가 조금씩 오는 거리를 혼자서 걸었을 때 나는 완전히 행복하다. 맛있는 음식, 진한 커피, 향기로운 포도주, 생각해보면 나를 기쁘게 해주는 것들이 너무 많다.

- 전혜린, 『그리고 아무 말도 하지 않았다』 중에서

같은 장미를 보며 '예쁘다'에서 그치는 것과 향기와 빛깔, 모양까지 관찰하고 즐기는 건 삶의 깊이와 폭이 다르다. 작디작은 곳에서 행복을 길어 올릴 줄 아는 능력은 행복을 증폭시키기 때문이다. '늦장미의 복잡하고도 엷은 색깔과 향기'라는 글귀는 장미를 보면서도 제대로 표현할 수 없었던 나의 감정을 대변해준다. 딱 맞는 글귀를 발견한 기쁨과 더불어 감정은 행복했던 순간들로 거슬러 올라간다.

봄 햇살 아래를 걷노라면 행복하다. 블루투스를 통해 울려 나오는 음악과 골목 끝에서부터 풍겨오는 라일락 향기는 봄 햇살의 따뜻함과 행복감을 더해준다. 좋아하는 노래를 우연히 마주하면 행복하다. 장소가 어디든 오랜만에 만난 듯 반갑다. 밥 한번 먹자고 하면 좋다며 당장 약속 잡는 이들이 있어서 행복하다. 만나서 떡볶이 같은 소박한 음식을 먹어도 웃음이 만발한다. 데이 근무 마친 뒤 같이 근무한 멤버들과 그날의 첫 끼를 먹으며 힘든 마음을 털어놓고 서로 다독이다 보면 전우애가 솟구치며 힘든 마음이 사그라진다.

내 마음을 쏙 담아놓은 글을 만나면 행복하다. 표현하지 못하고 어쩔 줄 모르는 마음을 이미 다 알고 있다는 듯 성큼 다가와 울림을 주는 글을 만나면 어느새 기쁨으로 출렁인다. 기운 없고 지쳐 있을 때, 커피 한 잔 건네주는 이 있으니 행복하다. 나이트 근무하느라 밤을 지새우며 일에 쫓겨 몸도 마음도 쑥 꺼졌을 때 멤버들과 함께하는 커피 한 잔은 피로회복을 넘어 전해준 이의 따뜻함까지 전달된다.

응급 대기조였던 날, 휴대폰이 벨소리가 울리지 않고 바로 자동 수신으로 넘어가는 문제가 생겨 밤새 통화내역을 확인하며 지샜다. 출근하면서 후배 간호사 창우에게 징징거렸더니 뚱땅뚱땅 깔끔하게 고쳐준다. 고마움을 표시하기는커녕 욕쟁이 할머니처럼 "너 때문에 휴대폰이 고장난 거야. 나 밤새우고 힘들었으니 밥 좀 사라." 하고 협박해도 싱글싱글 웃으며 "네!" 하는 창우가 있어서 행복하다. 편안하게 툴툴거리고 도움을 주고받아도 불편하지 않은 사이여서 말이다.

병실에 들어선 내 입에 깎은 사과를 물려주며 "얼른 먹어. 밥도 못 먹고 일하잖아." 하는 보호자가 있어 행복하다. 우적우적 먹으며 "말도 못 하게 입을 막는 거예요?" 하며 같이 웃을 수 있어 행복하다. 퇴원하면서 그동안 감사했다며 카트 위에 작은 꽃다발을 놓아주는 환자가 있어 행복하다. 그리고 "선생님이랑 같이 일해서 행복해요, 선생님 천사예요." 하며 부둥켜안고 비비적대는 귀염둥이 후배 간호사들이 있어 행복하다. 치매 환자에게 뺨을 맞고 눈물 글썽이는 후배를 안아주고 달래줄 수 있어 행복하다. 맘 편히 찾아올 수 있는 선배로 여겨주니 말이다.

행복이 스며드는 순간은 여기저기, 파랑새처럼 이미 내 곁에 있다.

『그리스인 조르바』에서는 이렇게 알려준다. '나는 또 한번 행복이란 포도주 한 잔, 밤 한 알, 허름한 화덕, 바다 소리처럼 참으로 단순하고 소박한 것임을 깨달았다.'라고 말이다. 여기에 피천득 선생님의 「내가 사랑하는 생활」에 나오는 글처럼 '나의 생활을 구성하는 모든 작고 아름다운 것들을 사

병실에 다녀온 사이, 한 환자가 나의 카트 위에 꽃다발 선물을 놓아주었다.

랑'하고 '남의 공적을 부러움 없이 찬양하는 것을 좋아'한다면 행복은 더 깊이 스며들 것이다.

수간호사가 뭐예요?

한 분야에 오래 몸담고 있다 보면 그 안에서는 너무도 당연하지만 다른 사람들에게는 낯선 용어들이 있다. 전문용어가 아님에도 말이다. 병동 수간호사를 하다가 검진센터에서 일하고 있는 나는 주로 직급인 차장으로 불린다. 검진센터에서 근무하던 어느 날, 공익이 물었다.

"차장님, '김'씨 아니에요?"

"응, 나 '김'씨야."

"그런데 왜 차장님을 '김'간호사님이라고 안 부르고 '수'간호사님이라고 불러요? 차OO 간호사님은 '차'간호사님이라고 부르는데."

"응, 내가 병동에서 수간호사였거든. 그래서 그래."

"아, 네…. 그런데… 수간호사가 뭐예요?"

말문이 막혔다. 나에겐 평범한 일상어인 '수간호사'가 이

친구에겐 생소한 단어였던 것이다.

"수간호사는 간호사들의 리더야. 병동, 외래, 특수 파트 등 각 간호부서의 리더인 거지. '수'가 한문으로 머리 수(首)를 말하거든."

"아, 그렇구나. 저는 선생님이 김씨가 아니고 수씨인 줄 알았어요."

심혈관조영실에서의 일이다.

"환자분 동맥경화가 심해서 혈관이 많이 딱딱해요. 그러면 심장혈관도 많이 좁아져서 위험해요. 담배는 꼭 끊으셔야 합니다."

순환기내과 전문의 선생님이 검사 후 설명을 하고 있다. 환자가 잠자코 듣다가 질문을 한다.

"네, 알겠습니다. 그런데 동맥경화가 뭐예요?"

"혈관이 딱딱해지는 걸 말해요. 혈관 중에서도 동맥은 큰 혈관인데, 동맥이 딱딱해져서 좁아지면 혈액이 돌아다니는 게 어렵겠죠? 그렇게 되면 심장을 먹여 살리는 관상동맥이라는 혈관도 지장이 있게 돼요. 심장에 피가 가지 못하면 그쪽 부분이 망가지게 되는 겁니다."

전문의 선생님의 자세한 설명을 듣고 그제야 이해가 된

다는 듯 고개를 끄덕이는 환자. 병원에서 근무하는 나에겐 너무나 일상적인 단어지만 누군가에겐 참 낯선 단어였다.

철없던 어릴 적 내 모습이 겹쳐졌다. 엄마가 무언가를 물어보면 건성으로 대답하고 다음에 같은 걸 또 물어보면 크게 짜증을 냈던 내 모습. 한참의 시간이 흘러 어른이 되고 나니 충분히 그럴 수 있음을 이해하게 됐다. 많은 일을 감당하고 있으면 한번에 집중하기 어렵고, 관심사가 아니면 오래 기억하기 힘들 뿐 아니라 기억했다 해도 금방 잊는다는 걸 말이다.

어느덧 나 또한 주위 사람들에게 여러 번 같은 걸 물어보고 있다. 게다가 생소한 분야의 경우 한번에 잘 알아듣지 못한다. 나에게 의학용어는 일상어지만 컴퓨터나 물리, IT 용어 등은 암호와 같다. 한국어로 이야기해줘도 잘 해석되지 않는다.

문서작업을 하다가 막히거나 다운이 되면 머릿속이 멍해진다. 누군가의 도움을 받지 않으면 혼자 끙끙거리며 헤맨다. 경제, 과학, 금융 등 어려운 부분은 너무도 많다.

내가 잘 알고 있는 부분을 다른 사람이 모를 때 "그걸 왜 몰라?" 하는 대신 '그럴 수도 있어.' 하고 생각하는 게 유익하다. 익숙함은 편안하지만 안주하게 되고 '우리끼리'라는 폐쇄성을 만들 수도 있다. 누군가 나의 분야를 물어볼 때 쉽고 간결하게 설명해줄 수 있는 좋은 기회로 여겨보자. 내가 하는 일을 알릴 수 있는 좋은 기회가 될 뿐만 아니라 넉넉한 사람이 되어 서로에게 기쁨의 시간을 만들어 갈 수 있으니 말이다.

지문조회가 안 됩니다

어린이날이다. 모처럼 동생네와 같이 식사하는데 전화벨이 울렸다. 응급 시술 전화였다.

"샘, 응급입니다."

"응, 얼른 갈게."

식사를 뒤로하고 바로 출동.

60대 남자 신원미상. 오토바이 사고가 나서 119를 타고 응급실 오심. 의식은 명료, 가슴 쪽을 크게 부딪쳤으나 외상은 심하지 않고 오히려 맥박이 30대로 측정되어 응급으로 Temporary pacemaker(일시적 심박동기) 삽입 필요.

맥박이 아트로핀(부교감신경 차단제 계열의 약제로 수술 전 점막에서 침과 같은 점액 분비를 감소시키기 위해 또는 심장의 박동을 정상적으로 유지시키기 위해 사용)을 투여해도 많이 올라가야 38회 정도다. 시술 준비를 마치고 환자를 기다리는데 늦어진다. 때마침 응급실 전화.

"응급실입니다. 환자분이 시술을 거부하고 있어서 지금 설득 중입니다."

왠지 못할 것 같은 예감이 밀려오지만 일단 기다려본다. 응급실 기록을 보면서 의료기사 C와 이것저것 이야기하다가 나는 "이것 봐~~ 라! 내 양말 예쁘지?" 하며 곰돌이 양말을 자랑했다. C가 보더니 한마디 한다.

"응급 나와서 양말 자랑하기는."

기다려도 연락은 없다. 환자의 열 손가락 지문을 다 검색해도 신원 조회가 안 된다는 기록이 마음에 걸렸다. 자기를 돌봐주는 중부시장 상점 주인이 허락해야 시술을 할 수 있다는 환자. 응급의학과에서 주인에게 전화해 자초지종을 설명했고, 주인이 응급실로 와서 설득했지만 환자는 그동안 심장에 이상이 있다는 말을 들어본 적이 없다며 완강히 시술을 거부하고 있다는 기록.

혹시 주민등록도 없는 사람 아닐까? 우리 병원은 형편이 어려운 분들이 많이 방문하는 터라 주민등록이 말소된 경우도 간간이 있다. 그러면 의료보험은 당연히 없을 테고, 보험이 아닌 일반 수가로 시술을 받게 되면 금액이 커지니 시술할 엄두를 못 낼 것이다. 상황이 머릿속에서 그려진다. 인생의 궤적이 어렵고 힘든 상황으로 향하는 사람을 보면 마음이 편하지 않다.

시술 결정이 늦어지고 있어 전문의 선생님은 중환자실 환자를 보러 잠깐 올라갔다. 환자는 10년 전에 이대동대문병원에서 심장판막 교체술을 했는데 병원 운영 종료 후 한 번도 진료를 받지 않았다고 한다. 며칠 전 급성심근경색으로 우리 검사실에서 응급시술을 받은 뒤 중환자실에서 치료 중인데 상태가 많이 안 좋다. 쉰네 살밖에 되지 않았기에 적극적인 치료를 원하지만 방법은 심장이식밖에 없다고 한다.

황금연휴라고 많은 사람이 여기저기 좋은 곳으로 놀러가서 즐거움을 누리지만 한편에서 다른 누군가는 생사의 갈림길 앞에 서 있고, 또 한편에서는 그 생명을 돌보기 위해 하던 일을 멈추고 달려와 있다. 우리의 인생은 돌고 도는 유기적인 삶인 셈이다. 결국, 응급실 환자는 자의 퇴원 서약서를 쓴 후 퇴원했고 우리는 시술을 위해 준비했던 물품을 정리했다. 뒷정리를 다 하고 검사실을 나가려던 찰나 눈에 띈 책상 위 물건! 전문의 선생님의 휴대용 심초음파기(Portable ECHO)

Vscan

였다. 사진을 찍어 문자를 보냈다.

나 : 저 이거 중고나라에 올리려고요.
전문의 선생님 : 앗! 그거 제가 살게요.
나: 그럼 바로 흥정 들어갑니다. 고로케 하나부터 시작입니다.
전문의 선생님 : 그럼 고로케 두 개로 거래 종료하죠. 그리고 남은 연휴 얼굴 볼 일 없기를!

긴박한 상황에서도 작은 웃음을 찾고 웃을 수 있는 나의 일터가 좋다. 같이 일하는 이들이 좋다. 그 안에 내가 있어서 좋다.

연이은 응급시술

"저예요. 이번 주 장난 아니네요."

"알았어, 얼른 갈게."

응급시술 전화다. 도착하니 다들 와 있다. 전문의 선생님의 얼굴을 보자마자 웃으면서 말을 건넸다.

"연휴 때 얼굴 보지 말자면서요?"

"그러게 말이에요. 다들 중증도가 높아서…."

얘기 도중 환자가 도착하여 모두 재빨리 튀어 나갔다.

45세 남자 환자, 특이병력 없는 자로
철거 작업하던 중 발생한 흉골 밑에서부터 시작하는
가슴통증을 주호소로 119 타고 응급실 내원.
응급실에서 가슴통증 계속 있으며 혈압 떨어져서
소생실로 옮겨 I-NS 1L 2 line으로 잡아서

loading하고 큐프린(각종 질환에 따르는 급성 저혈압 또는 쇼크의 보조치료제) 달고 모르핀 투여.
심전도의 II, III, aVF ST elevation!

RCA(Right Coronary Artery. 우관상동맥) 먼저 진입해서 찍으니 RCA subtotal occlusion(우관상동맥 부분 폐쇄). 바로 PCI(Percutaneous Coronary Intervention, 경피적 관상동맥 중재술) 시작. 다행히 아직까진 환자 V/S(vital sign, 활력징후)가 안정적이다. 집중해서 환자 상태를 확인한다. 풍선확장술이 잘 되어 막혔던 혈관에 혈류의 흐름이 보인다. 얼마 지나지 않아 HR(Heart Rate, 맥박)이 80대에서 50대, 40대로 떨어진다. 39까지 떨어졌다. 아트로핀 1A IVs. inj.(심박수를 올리기 위한 약물을 정맥 내로 투여).

"토할 것 같아요."
휴지를 뽑아서 재빨리 환자 고개를 옆으로 돌려준다.
"토하셔도 돼요. 걱정 마세요."
"우웩."
구토 양이 엄청나다. 받쳐준 휴지와 통에 넘쳐난다. 아흑! 무슨 김치가 이리도 많이 나오는 거니. 나의 손은 순식간에 구토물로 뒤덮였다. 어느새 C가 휴지를 더 가져다준다. 환자의 구토가 진정된 뒤 입과 얼굴을 닦아주고 나의 손을 닦았다. 그사이 시술이 진행되어 스텐트까지 들어갔다. 환자 혈압이 80대까지 떨어진다.

"도파(심박수와 심근수축력을 증가시키는 약물)를 달죠."

전문의 선생님이 구두처방을 낸 사이 환자의 혈압이 200대까지 올라갔다. 한 번 더 측정하니 170대가 나온다.

"도파 달지 말고 큐프린도 홀드하죠."

"네."

큐프린 주입을 중단한 후에도 다행히 혈압은 유지되었다. 오른쪽 관상동맥의 검사와 시술을 마무리하고 제대로 스텐트가 위치해 있는지 확인한 다음 왼쪽 관상동맥을 검사하려고 하는 순간 환자가 외친다.

"가슴이 아파요. 또 토할 것 같아요."

또 날아가듯 환자에게 가는 나.

"가이딩 카테터(guiding catheter, 시술 등 치료를 위한 카테터를 손상 없이 삽입할 수 있도록 해당 위치까지 안내하는 역할을 하는 카테터)!"

전문의 선생님은 빼놓았던 카테터를 진입시킨다. 확인 후 "조금 지나면 괜찮을 거예요." 하며 환자를 안심시킨다.

그사이 환자는 아까만큼 구토를 했다. 나의 손은 또다시 구토물로 엉망이 되었지만 환자 상태가 이만하길 다행이다.

시술을 잘 마친 후 전문의 선생님이 보호자를 찾았다. 환자는 연락하는 가족이 없으며 같이 온 이는 동료라고 한다. 생사의 강을 넘었는데 고생했다고 다독여줄 가족 하나 없단다. 아예 연락을 끊고 살고 있다니…. 힘든 상태를 넘기고 난 이후에는 따뜻한 보살핌과 회복이 절실한데 안타깝다. 응급시술을 잘 마쳤음에도 안타까움으로 인해 마음이 개운하지 않다.

환자는 중환자실로 올라갔다. 또다시 손을 벅벅 닦았다. 대여섯 번을 닦았음에도 김치가 섞인 진한 구토 냄새가 가시지 않는다. 연휴의 응급시술에 대한 훈장은 사무치도록 진한 향으로 내 손에 오래도록 남아 있었다.

여러분은
행복하신가요

바쁘고 정신없는 직장 생활 중에 활력이 되는 일이 있다면 직장 동료들과의 좋은 관계가 아닐까 싶다. 아무리 힘들어도 서로 격려할 수 있는 동료가 있다는 건 큰 힘이 된다. 오늘은 월요일. 월요병이라는 병명이 있을 정도로 직장인들이 싫어하는 날이다. 주말의 휴식을 뒤로하고 한 주간의 일을 시작하는 날이기 때문이다.

나는 즐거움으로 월요일을 시작했다. 평소 한 시간 정도 일찍 도착해서 검사 스케줄에 있는 환자들의 기록을 살펴보는 것으로 출발한다. 오늘도 변함없이 그렇게 하고 있는데 흉부외과 의료기사인 A선생님이 와서 원두커피를 뽑으며 이야기를 건넨다.

"김 선생, 아니 왜 이렇게 일찍 왔어?"

"저 원래 일찍 출근해요. 와서 정리 좀 하고 일하는 게 마음이 편해서요."

"아침은 먹은 거야? 일찍 오면 병원 식당에서 좀 먹지 그래."

"그냥 커피 한잔 마시는 거죠."

선생님은 주머니를 뒤적이더니 "내가 달걀 두 개 가져왔어. 얼른 이거 다 먹고 일해. 난 식당에서 아침 먹었어." 하며 슬쩍 주신다. 달걀은 막 삶아냈는지 따뜻했다. 하나를 얼른 까서 커피와 같이 먹으며 선생님과 담소를 나누었다. 따뜻한 마음이 전해진다.

어느새 아침 8시를 넘었다. 외래 간호사 미팅 시간에 맞춰 약속장소로 향했다. 외래는 각 파트별로 나뉘어 있어서 이 시간이 아니면 서로 얼굴 보기가 힘들 뿐 아니라 누가 어느 과에서 일하는지 알 수도 없다. 수간호사님으로부터 공지사항을 들은 다음 서로 어깨를 주물러주고 구호를 외치고 돌아왔다. 10여 분 정도의 짧은 미팅을 마친 뒤 조영실에 와서 의료기사인 C와 이야기를 나눴다. 주말 동안의 일들과 환자 이야기 등등.

지난주 우리 검사실에서 시술한 환자 상태가 안 좋아져

서 흉부외과로 전과한 후 응급수술이 진행됐는데 다행히 잘 회복 중이라고 한다. C는 병동에서 조영실로 로테이션되어 온 나에게 도움을 많이 준 고마운 사람이다. 다른 직종이 한 곳에서 일하다 보면 미묘한 신경전이 생기기도 하는데 C는 전혀 그런 모습이 없었다. 수많은 응급상황을 같이 겪었기에 이제는 이야기도 잘 통하고 힘들다고 서로 투덜거려도 편안한 사이가 됐다.

이야기 중에 C는 본인이 말하려는 병원의 이름이 생각나지 않아 한참 설명한다.

"거기 있잖아요. 한남대교 옆에 있는 그 병원… 그그그… 있잖아요 거기. 아… 이름이 뭐더라."

C는 답답해하며 머리를 쥐어짰다. 나는 알고 있지만 어떤 해답을 내놓을지 궁금하기도 하고, 평소 건망증이 심한 그였기에 일단 기다렸다. 한참 고심하던 C의 얼굴빛이 밝게 변한다.

"아, 생각났다. 성!춘!향! 병원이요!"

C의 대답에 조영실에 있던 모두가 웃느라 말을 잇지 못했다.

"성춘향이 뭐야. 순천향이지. 역시 기발해! 어쨌든 마지막에 '향'은 들어가네."

"에이 그래도 영어 이니셜은 똑같잖아요. S! C! H! 봐요, 똑같잖아요."

"암튼 정말 재미있어. 이거 컬투 라디오 사연으로 보내면 대박이겠다."

월요일 아침의 묵직한 무게감을 한방에 날려준 C 덕분에 정말 큰 웃음으로 한 주간을 시작했다.

인생은 순간의 합이라고 한다. 기쁘고 즐거운 순간들이 늘어가면 결국 행복한 삶이 될 것이다. 많은 사람이 순간을 소홀히 하고 큰 것 한 방을 기대한다. 그러나 한 방이 오는 확률은 지극히 적다. 또 온다 해도 감당할 만한 준비가 되어 있지 않으면 기쁨보다는 폐해가 더 크다. 그럼에도 사람들은 푼돈 쓰듯 순간을 소중히 여기지 않고 날려보낸다.

아리스토텔레스는『니코마코스 윤리학』에서 인간이 추구하는 지극히 궁극적인 것, 최고의 선한 것을 행복이라고 하였다. 그리고 행복은 심적인 상태가 아니라 자신에게 주어진 역량을 최대한 계발하며 발휘하는 인간의 활동이 수행될 때 이루어진다고 했다. 인간에게 좋음은 인생의 궁극적인 목적이어야 하며 자족적인 것이어야 하는데, 그것이 다름 아닌 행복이라는 것이다. 가장 궁극적이며 최고의 선은, 나로부터 시작된다. 그리고 행동으로 옮겨야 발현된다. 『니코마코스 윤리학』을 몰랐을 때도 행복했지만, 위대한 사상가의 이론에 기대어 보니 훨씬 더 행복해질 것 같았다.

일터에서 열심히 일하고 동료들과 소소한 대화에도 행복할 줄 알기에 나는 눈부신 하루하루를 보내고 있다. 다른 이들에게도 물어보고 싶다.

"여러분은 행복하신가요?"

고로케의 뒷이야기

CAG(Coronary Angiography, 심혈관조영술) 예정이었던 환자 두 명이 입원을 하지 않아 스케줄이 취소됐다. 검사 예정이었던 전문의 선생님은 회진 후 상황을 이야기해주었다. 선생님의 이야기가 끝나자 내가 이야기했다.

"샘, 고로케 왜 안 줘요? 수금이 안 되네."

응급시술 나와서 포터블 에코를 놓고 간 선생님에게 그걸 얌전히 돌려주는 대가로 고로케 두 개로 타결을 봤는데 도무지 오지 않아 일깨워드린 것이다. 선생님은 병원 내 빵집에 가서 두 손을 무겁게 하고 오셨다. 다 같이 우적우적 먹으며 잠깐의 수다 타임. 고로케를 먹은 다음 날, 유난히 피곤했다. 고로케를 사준 전문의 선생님에게 한마디 했다.

"샘, 어제 안 바빴는데도 오늘 너무 피곤해요. 생각해봤는데 아무래도 샘이 고로케에 독을 탄 것 같아요. OO에게 망보라고 하고 탄 것 같아."

순간 당황해하는 전문의 선생님.

"아니… 내가 독까지는 안 탔고… 그냥 갑상선 기능 억제제만 조금 넣었지. 지금은 조금 피곤하기만 하겠지만 시간 지나면 우울할지도 몰라요."

한술 더 떠 웃으며 차근차근 이야기하는 전문의 선생님. 그런데 나는 약물 작용은 안 나타나고 부작용으로 오히려 계속 즐겁기만 했다.

며칠 후 고로케 전문의 선생님이 오셨다. 오자마자 나와 의료기사 C를 보는 둥 마는 둥 간식 바구니로 가서는 "앗, 먹을 게 이렇게 많은데 연락도 안 하네." 한다.

"어제 쟁여놨어요. 저번에 간식 들어왔다고 알려드렸는데 샘한테 까여서 이번엔 연락 안 했어요." 하고 나는 천연덕스럽게 대답한다. 선생님은 계속 바구니를 뒤적인다.

"앗! 소시지는 안 보이게 바닥에 깔아놨네."

"그건 마음의 눈으로만 볼 수 있어요."

선생님은 웃으면서 의사 가운 주머니에 소시지 하나, 과자 하나를 쏙 넣더니… 수고하라는 말 한마디 없이 그냥 갔다! 난 C를 보며 말했다.

"우리, 소시지에 밀린 거니?"

신규 간호사의 아버지가 간호부로 민원 전화를 하셨다

어른: 다 자란 사람. 또는 다 자라서 자기 일에 책임을 질 수 있는 사람.

-『표준국어대사전』

수간호사 회의시간이었다. 신규 간호사의 아버지가 간호부로 민원 전화를 하셨다고 한다. 입사한 지 한 달 정도 된 딸이 새벽 6시에 출근해서 밥도 제대로 못 먹고 오후 5시 정도까지 일하는데, 경남 OO에서 서울까지 올라와 일하는데 이건 너무 심하지 않느냐 따졌다는 내용이었다. 상황 파악을 해보겠으니 어느 간호사의 아버지이신지 알려달라고 했지만 그제야 딸에게 피해가 갈 거라 생각하셨는지 끝까지 알려주지 않았다고 한다. 그 뒤로 꼭 신규 간호사들 밥 먹이며 일하라는 간호부의 지시가 회의시간에 하달됐다.

아버지의 마음을 이해 못 하는 건 아니지만 부모의 지나친 사랑은 자식을 그릇된 길로 인도한다. 20대 중반이 넘은 성인의 부모가 직장에 전화를 해서 이름도 밝히지 않고 거의 욕설에 가까운 민원을 쏟아붓는다는 건 제대로 된 부모의 사랑이 아니다. 자식에게 좋은 영향을 미칠 수도 없다. 본인이 누군인지 밝히고 찬찬히 사정을 이야기해도 충분히 반영될 수 있는 사안이었건만 서로 감정을 상하게 만든 일이 되고 말았다.

예전에는 자식을 과잉보호하는 엄마들의 모습을 일컬어 치맛바람이라고 했지만 요즘에는 '헬리콥터맘'(helicopter mom)이라 한다. '아이들이 성장해 대학에 들어가거나 사회생활을 하게 되어도 헬리콥터처럼 아이 주변을 맴돌면서 온갖 일에 다 참견하는 엄마'를 일컫는 용어다. 헬리콥터맘은 자녀가 어릴 때는 학습 매니저의 역할을 하고, 대학에 들어간 뒤에도 자식의 학점이 좋지 않으면 해당 교수에게 대신 따진다. 뿐만 아니라 수강신청도 대신해주고, 취직을 하면 부서 배치 조정까지 하려고 든다. 부모의 잘못된 사랑이다.

부모가 자녀에게 주는 가장 큰 선물은 독립이다. 자녀가 독립된 개체로 홀로 설 수 있도록, 사회에서 어른으로 온전한 몫을 하게 만들어주는 것이 부모의 역할이다. 하지만 많은 부모가 당장의 어려움을 자녀가 해결할 때까지 기다려주지 못하고 결과물을 선뜻 가져다준다. 멀리 보면 자녀에게 결코 도움이 되지 않는 일이다.

천둥, 번개, 바람, 소나기를 거치고 나서 만나는 무지개는 그냥 하늘에 있는 무지개가 아니라 나만의 무지개가 된다. 아이들이 스스로 무지개를 만날 수 있는 힘을 길러주고 기다려주는 것이 부모의 역할이다. 아이들은 천둥, 번개, 바람, 소나기를 거치면서 어른이 되어가고 사람이 되어간다. '어른'은 '다 자란 사람. 또는 다 자라서 자기 일에 책임을 질 수 있는 사람'을 뜻한다.

윤동주님의 시 「아우의 인상화」를 찬찬히 읽고 싶은 날이다. 자라서 사람이 되고 싶다는 아우, 그 대답은 자라서 어른이 되고 싶다는 말과 같을 것이다.

붉은 이마에 싸늘한 달이 서리어
아우의 얼굴은 슬픈 그림이다.

발걸음을 멈추어
살그머니 애띤(앳된) 손을 잡으며

"너는 자라 무엇이 되려니."
"사람이 되지."
아우의 설운 진정코 설운 대답이다.

슬며—시 잡았든 손을 놓고
아우의 얼굴을 들여다본다.

싸늘한 달이 붉은 이마에 젖어
아우의 얼굴은 슬픈 그림이다.

- 윤동주, 「아우의 인상화(印象畵)」 중에서

민원, 불친절 그럼에도 불구하고

오늘도 어김없이 춥다고 에어컨을 꺼달라는
이기적인 민원이 들어왔습니다. 지금 지하철 온도는
약 28도이고 수백 명의 승객이 이용 중인데
에어컨을 끄면 어떻게 되겠습니까? 더워하시는 승객들이
안 보이시는지요. 더운 날 춥다고 하실 거면
겉옷을 준비하시거나 다른 대중교통 이용 부탁드립니다!

- 세계일보, 2018.07.17.

한여름 퇴근시간, 만원 지하철의 안내방송이다. 신문기사와 인터넷 제보로도 올라와 있는 일명 '퇴근길 에어컨 꺼달라는 민원에 대한 기관사의 답'이다. 해마다 여름이면 어김없이 발생하는 민원인데, 불합리한 제도의 개선책이 아니라 개인의 불편함이 주요 내용이다.

간호사로 병원에 근무하며 민원인을 응대했을 때 가장 큰 불만 사유는 불친절이었다. 불친절은 감정의 영역이기에 개인마다 느끼는 정도와 반응의 차이가 크다. 환자가 바라는 간호사의 친절은 치료와 간호에 필요한 전문적 영역보다는 '잔심부름', 이를테면 냉장고에서 음료수를 꺼내주고 반찬 뚜껑을 열어주는 등의 일을 해주기를 바라는 경우가 많았고, 이에 응하지 않음을 불친절로 받아들였다.

> 2021년 4월 서울 용산의 한 옷가게 직원 뺨을 때려
> 본국으로부터 귀국 조치가 내려졌던 벨기에 대사 부인이
> 두 달 후 또 다시 공원 관리인의 도시락 가방을
> 발로 차고 뺨을 때려 물의를 일으켰다.
>
> - SBS뉴스, 2021.07.06.

2018년 10월 18일부터 산업안전보건법에 따라 '고객응대 근로자 보호조치'가 시행되면서 서비스를 제공하는 곳에는 '고객응대 근로자에게 폭언·폭행 등을 하지 말아주세요'라는 안내문이 게시됐다. 병원에서는 의료법에 따라 의료인에 대한 폭행·협박·진료 방해 시 법적 처벌을 받게 되었지만 폭언은 줄지 않았다.

"너 태도가 왜 그래? 어디서 배워먹어서 그 따위야?"

건강검진 접수 시 직원을 향해 태도가 불량하다며 갑자기 소리치는 60대 남자 수검자. 그는 예의 없고 글러먹었다며 삿대질과 반말의 2종 세트를 날렸다. 고함소리에 직원뿐 아니라 다른 수검자들도 놀랐다. 직원보다 더 예의에 어긋난 태도였지만 일단 해결해야 했기에 나는 벌떡 일어나 수검자를 데리고 나갔고 직원은 다른 곳으로 피신시켰다.

수많은 경험을 통해 알게 된 것들이 있다. 이런 분들은 어디를 가든 불화를 일으킨다. 검진센터뿐 아니라 외래 및 병동을 거쳤다면 어김없이 메모가 달려 있다. '본인 얘기만 하고 성질냄', '매일 전화해서 청소 하루에 몇 번 하냐고 확인함', '직원 교육 제대로 안 시킨다며 원장실 어디냐고 소리침', '수납하다가 성질내며 물건 던짐', '성격 무지 급함, 계속 말 자름', '예민 & 짜증', '진짜 제대로 또라이', '번호 놓치고 와서는 늦게 해준다고 소리 지름' 등등.

또한 이들은 직원 교육 똑바로 시키라는 훈계와 더불어 '내가 대기업의 임원이었는데…'처럼 하나도 궁금하지 않은 본인의 화려했던 과거를 내세우는 특징이 있다. 바꿔 말하면 지금은 내세울 게 없다는 뜻이다. 그때보다 지금이 더 나은 상태라면 과거를 운운할 필요가 없다. 설사 현직 대기업 임원이라 할지라도 회사가 아닌 다른 곳에서 임원 대접을 받으려는 건 적절하지 않다. 대접을 받으려는 기대치가 높았기 때문에 다른 수검자들과 같은 태도로 자신을 대하는 직원이 마음에 들지 않았던 것이다.

수검자는 해외에 회사를 열기 위해 건강진단서를 받으러 왔다. 이야기를 나누면서 마음이 풀렸는지 본인의 회사 직원들 건강관리 부서에서 일할 생각이 없냐고 내게 물었다. 웃으면서 거절했다. 가야 할 이유도 없지만, 만약 갈 예정이 었어도 이런 민낯을 봤다면 절대 따라나설 리 없다. 직원에게 퍼부은 막말이 언젠가 나에게 올 수 있기 때문이다. 수검자가 검사실에 들어간 후 직원을 달랬다. 막무가내 수검자에게 막말 테러를 당한 직원은 결국 울음을 터뜨렸다.

"우리 동네에 삼겹살집이 엄청 맛있는 데가 있어요. 그 집 사장님 정말 멋있더라고요."

"왜?"

"얼마 전에 가게 앞에 뭐가 붙어 있어서 보니까 '며칠 전 우리 직원에게 막말하신 분, 얼른 와서 사과하세요!'라고 쓰여 있더라고요."

"그 사장님 짱이다! 나 같아도 그런 데서 일하고 싶겠다."

후배와 나눈 훈훈한 대화다. 고객 또는 환자에게 욕설이나 폭행 등을 당했을 때 바람막이가 되어줘야 할 직장이나 선배, 상사마저 보호해주지 않으면 당사자가 느끼는 좌절감과 정신적 스트레스는 일을 그만두겠다는 결정을 할 정도로 매우 크다.

입장을 바꿔 서비스를 받는 상황이라 생각해보자. 매장에서 주문한 음료에 이물질이 섞여 있다면 당신은 어떻게 할 것인가? 이물질이 들어가 기분이 찝찝한데 응대하는 직원의 태도까지 별로다. 이때, 기분이 나쁘다는 걸 그대로 표출할 것인가 아니면 기분은 좀 상했어도 하하 웃으면서 쿨하게 대처할 것인가.

"많이 바쁘셨나 봐요. 여기 이상한 게 왕창 들어 있네요. 제가 무척 잘 먹지만 이건 차마 소화를 시킬 수가 없네요. 다시 양 두 배로 빵빵하게 맛있게 해주시면 안 될까요?"

이렇게 대처한다면 어떨까? 실수한 직원은 더 많이 미안해하고 고마워하지 않을까. 기분을 망칠 뻔했던 상황을 유쾌하게 전환시켰으니 가장 큰 수혜자는 상대가 아닌 '나'다. 그리고 만약 내가 그 직원처럼 실수했을 때 웃으며 감싸주는 고객이 있다면, 또 부당하게 당했을 때 보호해주는 사장님이 있다면 참 고맙지 않을까. 간호 현장에서도 마찬가지다. 후배 간호사의 실수를 "내가 그거 메꾸느라 힘들었어. 다음부터는 우리 조심하자." 하며 토닥여주는 선배는 평생의 은인과도 같을 것이다.

우리는 누군가에게 서비스를 주는 입장이 되기도 하지만 받는 입장이 되기도 한다. 관계 안에서 나의 영향력은 결코 작지 않다. 밀물에 밀려온 물고기가 뜨거운 태양 아래 죽어갈 때 지나치지 않고 바닷물로 던져주어 살도록 해주고, 그저 그런 장미꽃에 애정을 더해 의미 있는 존재로 만들어줄 수 있는 능력자가 바로 '나'다.

내 앞에 있는 환자에게 나는 간호사의 대표다. 간호사의 이미지가 나를 통해 결정된다. '나'는 환자의 아픔과 절망을 다독여줄 수도 있고 더하게 할 수도 있다. 불만족스럽다는 민원이 많아도 다른 누군가는 친절과 따뜻함을 주기도 하고 받기도 한다. 오늘도 나를 욱하게, 화나게, 짜증 나게 만드는 사건들이 일어날 수 있다. 그 상황에서 될 대로 되라는 식 또는 누군가의 마음에 생채기를 내는 선택이 아닌, 그럼에도 불구하고 좋은 선택을 했으면 좋겠다. 모든 일은 나로부터 시작되니 말이다.

바보는 정말 바보일까

검진센터에 오신 쉰여섯 살 남성. 예약시간을 못 맞춰 온 게 벌써 네 번째다. 검사 마감 후에 도착하거나 노쇼를 냈다. 다섯 번째 예약을 했다. 간질, 외상성 뇌내출혈, 조현병의 진단명을 갖고 있고 귀도 잘 안 들린다. 예약 설명서의 글씨가 보이지 않는다고 해서 A4용지에 매직으로 큼지막하게 예약 날짜와 '아무것도 먹지 마세요.'라고 썼다. 그는 금식이라는 단어의 뜻을 모른다. 종이를 휴대폰 케이스에 분명히 넣어줬지만 사라지고 없다.

"나 다시 써줘요. 사람들한테 보여주고 알려달라고 해야 하니까. 그런데 또 밥 먹지 말아요? 나 그러면 배고픈데."

"저녁은 먹고 밤 10시 넘으면 먹지 말라고요."

"아! 그런데 나 저녁 안 먹으면 배고파요."

같은 이야기를 반복하고 우리의 설명도 반복된다. 그의 검은색 파카 소매는 젖어 있다. 손을 씻을 때 제대로 올리지 않은 모양이다. 봄을 한참 넘어섰지만 겨울옷을 입고 있다. 옷을 잘 갈아입지 않아 바지에는 소변 냄새가 짙게 배어 있다. 마스크는 점점 내려와 코가 다 보이고 코털과 귀털이 여기저기 삐죽하다. 보청기를 꼈지만 잘 듣지 못하고 이해도 못한다. 예약 설명하는 직원들의 목소리는 점점 올라간다. 몇 번이고 반복 설명이 이어진다.

짜증이 날 만도 하지만 이야기하다 보면 미소가 흐른다. 착한 느낌이 그대로 전해지기 때문이다. 이 분 때문에 대기자가 늘어나 나는 그를 따로 데리고 나가 설명했다. 예약을 마치고 가는 길에 씩 웃으며 이야기한다.

"선생님, 너무 친절하세요. 고마워요. 선생님 자리는 어디에요? 내가 내일 바로 찾아가게요."

다음 날, 대기석을 확인했더니 정말 일찍 왔다. 인사를 했지만 귀가 안 들려 못 알아듣는다. 접수를 마치고 돌아서면서 그제야 나를 보고 환하게 웃으며 "오셨어요." 한다. 활짝 핀 미소가 아이 같다. 채혈실로 안내하고 점퍼를 벗긴 후 혈액검사를 했다. 지혈을 위해 알코올솜을 꾹 눌러주면서 영상의학과로 이동했다. 귀가 안 들리기에 나눌 수 있는 대화는 거의 없다. 아이처럼 내 손을 잡고 그냥 따라온다. 검사실 안으로 들어간 것까지 확인하고 돌아왔다. 사무실로 들어오는 나에게 접수창구에 있던 간호사가 이야기한다.

"그분은 좀 더 잘해 드리고 싶은 마음이 들게 해요."

강풀의 만화『바보』의 주인공 승룡이는 연탄가스 중독으로 바보가 됐다. 아빠와 엄마는 하늘의 별이 됐고 승룡이는 하늘의 별을 항상 바라본다. 엄마처럼 아픈 여동생 지인이를 꼭 지켜내려는 승룡이. 사람들은 주고받으며 대가를 바란다. 하지만 승룡이는 줬으니까 받으려는 기대가 없다. 그래서 바보지만 그 바보는 사람들의 마음을 울린다. 승룡이는 주변 사람들의 마음속 별이 되었고 하늘의 별을 바라보게 해주었다.

세상의 많은 지식인들과 지도자들은 사람의 마음을 인위적으로 움직이려고 하지만 승룡이와 그 수검자는 사람들로 하여금 스스로 선한 마음을 갖도록 해주고 별을 보면서 자기 자신을 바라보게 만들어주었다. 사람들은 이들을 바보라고 부른다. 하지만 바보는 정말 바보일까? 승룡이와 같은 수검자를 일터에서 만난 오늘, 나의 마음속에는 별이 또 하나 떠오른다.

사진 Unsplash

3부

간호사가 만난 간호사들

저 못하겠어요
자신이 없어요

막내 간호사가 상담을 하자고 한다. 나이트 근무였는데, 오전 11시가 다 되도록 퇴근을 못 하고 있는 막내. 아직 트레이닝 중이고 설 연휴가 지나면 독립해서 혼자 일해야 한다. 아마도 그만두겠다고 얘기하려는 거겠지.

"선생님, 저 못하겠어요. 자신이 없어요. 선생님들한테 피해만 주는 것 같아서 그만두는 게 나을 것 같아요."

예상했던 대로다.

"지금 트레이닝 중이고 아직 독립도 안 했는데 뭘 못하겠니?"

"지금도 이런데 독립하면 더할 거고, 지금이라도 그만두는 게 낫겠어요."

"너 일 못한다고 뭐라고 하는 사람 있니?"

"아니요."

"프리셉터 선생님도 힘들지만 너를 걱정하고 있는데, 좀 더 해보는 게 어떨까? 작년에 졸업하고 12월에 발령받아서 1년을 거의 까먹었잖니. 이제 조금 있으면 올해 졸업생들 교육 시작해. 그러면 넌 경력도 없는데 경력직 신규가 돼버려. 어차피 다른 병원 가면 이 과정을 똑같이 겪어야 하는데, 여기까지 왔으니까 좀 더 해보는 게 좋지 않을까?"

"……."

"얼른 들어가. 잠 좀 푹 자고 다시 생각해보자!"

설날 연휴의 첫날, 당직 근무로 출근했다. 병동은 여전히 번잡했다. 데이 근무 트레이닝을 받는 신규 간호사는 오후 5시가 넘어도 일이 끝나지 않았다. 아침 7시까지 출근이지만 6시 정도에 도착하니 거의 12시간을 일하고 있는 셈이다. 선배 프리셉터 간호사도 퇴근을 못 하고 봐주고 있다. 5시 30분이 조금 넘어 프리셉터 간호사가 다가온다.

"수간호사님, 저하고 얘기 좀 하실 수 있으세요?"

"그래. 그만둔다는 얘기만 아니면 뭐든지 다 얘기해."

웃으며 같이 자리를 옮겼다.

"S가 혹시 그만둔다고 했어요?"

"응. 저번 나이트 끝나고 들어가기 전에 얘기하더라고. 상담하면서 잘 생각해보라고 했어."

"오늘 완전히 마음이 뜬 것 같아서요. 애가 약을 믹스했는데, 한지 안 한지도 모르고 그래요. 그만둬야 할 것 같다고 얘기하기에 수간호사님께 말씀드렸냐고 물어봤어요."

"그랬구나. 트레이닝 시키느라 힘들지? 두 달 가까이 프리셉터 한다는 게 보통 일이 아닌데, 미안해. 나도 트레이닝 많이 시켜봤지만 그때마다 힘들었거든."

"뭐가 힘든지 얘길 안 하니까 더 힘들어요. 말을 해야 알려주던가 하는데…. 밖에서 밥을 몇 번 같이 먹었는데도 한마디도 안 해요."

"그랬구나. 너도 힘들 텐데 챙기느라 여러모로 애썼네. 그래도 지금 그만두는 건 너무 아깝지 않을까? 그만둔다면 차라리 스케줄 들어가기 전이 우리 입장에서는 낫지. 하지만 S를 생각하면 여기서 그만두는 건 너무 아깝잖아. 우리가 조금 더 기다려주자."

"저는 기다려줄 수 있어요. 그런데 S가 마음을 그렇게 먹었으면 기다려줘도 의미가 없지 않을까 해서요."

"S는 너한테 무척 미안해했어. 자기가 못 따라가는 거에 대해 자책도 많이 하고."

후배는 선배에게 피해가 될까 봐 걱정하고, 선배는 후배가 그만둘까 봐 걱정하고…. 비록 둘 사이의 대화가 원활하게 이루어지진 않았지만 나를 통해 서로의 오해가 풀리고 서로의 마음을 알고 기다려주고 더 노력하겠다고 했으니 참 감사하다.

시간이 흘러 막내 S는 현재 입사 5년 차의 베테랑 간호사로 성장했다. 종합병원 내과 병동의 5년 차 경력자 S. 지나다 우연히 만나면 항상 반갑다. 잘 버텨주고 잘 성장해줘서 너무도 예쁜 그녀, 앞으로의 성장이 더 기대되고 궁금하다.

얘들아 항상 고마워. 그리고 너희들, 내 눈엔 무지 예쁜 거 알고 있니?

아니 너 수간호사님 밥도 못 먹게 했어?

L을 만난 건 그가 입사한 지 1년이 안 됐을 때다. 얼굴은 여성미가 물씬 풍기는 청순형인데, 술 마시고 집에 가다 넘어져 퍼렇게 된 눈으로 출근한 적도 있고 환자 간호를 하다가 한계점을 넘어 종종 울기도 하는 아이다. 볼 때마다 내 손을 잡거나 안기면서 "힘들어서 못하겠어요."를 달고 살지만 그만둘 것 같지 않다는 믿음이 간다.

저녁 당직 근무로 병동에 늦게까지 남아 있던 어느 날. 유방암 진단명을 가진 환자가 담당 간호사인 L에게 진통제를 요구했다. 몇 번의 대화가 오가더니 급기야 "아이씨, 진통제 달라고! 내 말이 말 같지 않아!" 하며 병실에서 지르는 소리가 간호사실까지 들려왔다. L은 병실 안에서는 참고 나왔지만 간호사실에 앞에서는 결국 "아! 정말 해도 해도 너무하네." 하며 카트를 벽 쪽으로 확 밀치고는 울면서 처치실로 들어갔다.

상담을 하고 있던 막내 S는 그 광경에 놀라서 말을 잇지 못했다. 나는 웃으면서 "봤지? 잘 적응한 것 같다는 L도 저런 날이 있어. 그러니까 기운 내, 알았지! 나 L 좀 달래러 들어가볼게." 하고 처치실로 향했다.

눈물을 뚝뚝 흘리는 L에게 휴지를 뽑아줬다. 복도 저쪽에서 일하던 선배 간호사 J도 놀라서 달려왔다.

"수간호사님… 흑흑… 저… 정말 일 못하겠어요…. 아아…."

휴지를 더 뽑아주고 토닥여줬다.

"J야, 환자분 모르핀(마약성진통제) 네가 대신 좀 줘라. 그리고 L은 좀 더 울고 마음이 좀 진정되면 나오고. 알았지?"

J와 같이 병실로 갔다. 환자는 여전히 흥분해 있었다.

"진통제 달라고 했는데 저게 아까부터 약 안 올라왔다고 거짓말을 해. 이게 죽을라고."

환자는 소리를 질러대며 흥분해서 기절한 것처럼 과호흡을 하고 눈을 제대로 못 떴다. 우리는 그녀를 차분하게 달래고 바이털 사인(vital sign)을 측정한 뒤 진통제를 투여했다.

"최OO님, 지금 진통제 주사로 들어가요. 진정하세요."

J는 천천히 진통제를 투여했다. 20여 분을 그녀 옆에 있

었다.

“내가… 너무 아픈데… 자꾸 약이 없다고 하고….”

마약성진통제는 무한정으로 줄 수가 없다. 하지만 그녀는 원하는 때 투약되지 않아 화가 났다.

“선생님… 난 왜 이렇게 아파? 나… 무섭다. 많이 무서워. 왜 이렇게 아파야 하는 거지?”

그녀 옆에 앉아 등을 쓸어주며 이야기를 들었다. 통증이 가라앉으면서 좀 진정이 됐는지 “선생님 얼른 가. 내가 미안해지잖아. 얼른 퇴근해요. 미안해요.” 한다. 마음에 찬바람이 인다. 등을 쓸어내리다가 손을 꼭 잡아주고 일어났다. 환자의 감은 눈에 눈물이 맺혀 있다. 가족도, 지인도 없는 그녀는 삶의 마지막 단계를 앞두고 두려움과 아픔에 몸서리치고 있었다.

병실 안에 있는 나에게 인사를 못 하고 복도에서 막내 S가 서성인다.

“얼른 들어가! 놀랐지? 오늘 고생했어!”

S를 들여보냈다. 그새 L도 감정을 추스르고 나와 일하고 있다. 힘들었던 L을 위해 선배들이 인계 끝날 때까지 기다리며 냉장고에서 먹을 것을 꺼내 L에게 주려고 챙긴다. 서로가

힘든 걸 알기에 보듬어주는 모습이 예쁘다. L의 기분은 나아졌다.

"얘들아, 나 L 때문에 저녁도 못 먹었어. L이 수간호사 밥도 못 먹게 한다." 하고 아이들한테 고자질했다. 간호사실에 있던 데이·이브닝 근무 선배들은 일제히 "어머, 어머! 아니 너 수간호사님 밥도 못 먹게 했어? 얘 큰일 날 애네." 하며 맞장구를 친다.

"아니… 아니에요 선생님. 그게…." 하며 얼굴이 빨개진 채 당황하는 L과 즐거워하는 선배들. 그렇게 또 한 명의 간호사가 선배들의 그늘 아래서 오늘도 성장해가고 있다.

신규 간호사가 독립한 지 4일째다

신규 뒤를 따라가는 간호사를 선정하는 건 꽤 고민스러운 일이다. 너무 까칠하지 않고 빠진 일을 걸러낼 수 있을 뿐 아니라 실수를 받아줄 수 있는 간호사로 골라 배치한다. 얼마나 힘든지 잘 알기에 세심하게 포진시킨다. 나이트 근무인 신규 간호사의 인계가 당연히 길어질 것이기에 오프(휴일)였던 프리셉터 간호사를 투입했다.

신규 간호사가 인계하는 동안 프리셉터가 경구약을 차려주고 항생제의 믹스와 투여까지 도와줬다. 인계받는 간호사의 일이 밀리기 때문이다. 그러나 일은 터졌다. 평소에도 불평이 많은 간호사였는데 신규 간호사를 뒤따라가니 말할 것도 없었다. 세심하게 배려를 해줘도 프로불평러 간호사의 불평은 계속 터져나왔다. 같은 일을 해도 누군가는 별문제 없이 지나가는데 누군가는 끊임없이 불만이 나온다. 가능하면 불평 간호사와 만나지 않게 근무를 짜려고 했지만 어쩔 수 없었다.

투약 기록을 제대로 안 했다고 계속 툴툴거리며 같이 근무하는 간호사에게 험담을 한다. 이야기를 듣는 간호사가 후배인 경우 반박할 수도 없고 수긍할 수도 없는 곤란한 상황이 된다. 그렇다면 험담하는 간호사는 실수가 없는가? 아니다. 본인은 완벽하다고 하지만 동료들과 간호를 받는 환자들은 불만족스러워했고, 환자나 보호자로부터 좋지 않은 피드백이 오는 경우도 잦았다. 사람은 유기적인 존재다. 다방면의 사람을 만나고 관계를 형성하며 자신의 입지를 만들어간다. 불평하는 이들을 볼 때마다 일의 능력보다는 일에 대한 자세와 사람을 대하는 태도가 더 중요함을 피부로 느끼게 됐다.

경험상 의도적으로 일을 안 하려는 신규 간호사는 없었다. 식사도, 화장실도 해결 못하고 동동거리지만 쏟아지는 일에 당황해서 제대로 처리하지 못한다. 할 수 있는 일도 속도가 나지 않고, 정규 일도 버거운데 수시로 치고 들어오는 일이 쌓이니 밀릴 수밖에 없다.

사진 Unsplash

신규 간호사는 일을 제대로 하고 싶지만 여러모로 부족하다. 주변에서 빠진 일을 도와주고 조용히 귀띔해주면 무척 고마워하고 다시 집중할 것이다. 일 자체도 버거운데 서로 갈등이 깊다면 떠나고 싶은 마음이 드는 건 당연하다.

어느 조직이나 티 내지 않고 자신의 일을 묵묵히 해내는 '에스프레소' 같은 사람들 덕분에 유지된다. 에스프레소 자체는 씁쓸하고 맛이 없다. 하지만 거기에 우유를 섞으면 라테가 되고, 물을 더 추가하면 아메리카노가 되고, 아이스크림을 넣으면 아포가토가 된다. 어느 곳이나 꼭 필요한 인물은 에스프레소 같은 사람이다. 스스로 자신을 돌이켜보는 시간을 잠시나마 가져보자.

나는 내가 있는 곳에서 어떤 사람인가?
사라졌으면 하는 사람인가?
부드러운 라테 같은 사람인가?
기본에 충실하면서 누구와도 잘 어울리는
에스프레소 같은 사람인가?

후배에게 받은 따뜻한 편지

결혼식 가는 지하철 안에서 오래전에 읽다가 닫아놨던 책을 펼쳤다. 그 안에 꽂힌 편지 한 통. 받은 편지들은 주로 책 안에 꽂아놓는다. 편지함에 넣어두면 한 번 보고 사장되기 때문이다. 이 편지는 심혈관조영실로 로테이션 될 때 병동 후배 간호사에게 받았다. 순하고 조용하고 얼굴이 뽀얀 아이. 편지를 읽으며 참 반갑고 고마웠다. 손편지를 쓰는 건 정성을 모으는 일이며 시간을 들여 상대를 생각하는 시간의 총체이기 때문이다.

편지를 처음 받고 무척 기쁘고 설레었던 기억이 마음을 스쳤다. 자신이 가장 힘들 때 내가 '뿅' 하고 나타나고, 적응되고 견딜 만할 때 사라지는 게 꼭 동화책 속의 이야기 같다는 부분이 마음을 찡하게 했다. 누군가의 삶에 작은 빛이 될 수 있었다는 것이 감사했고 그렇게 생각해준 후배에게 고마웠다.

후배와 같이 일한 병동은 둘째 아이 육아휴직 후 배치받은 곳이자 내 나이 마흔에 간 병동이었다. 아이 둘을 키우며 3교대로 복귀하는 나는 후배 간호사를 돕겠다는 마음보다는 내 앞가림을 제대로 할 수 있을지가 더 큰 일이었다. 나이 많고 일 못하는 선배처럼 골치 아픈 존재가 없다. 그렇게 후배들에게 민폐를 끼치면 어쩌나 하는 생각이 많았다. 그러나 후배들은 나의 부족함은 기억하지 않고 좋은 점만 바라봐주었다. 그들 덕분에 간호사로서 나의 시간은 힘들었지만 좋은 추억들로 채워져 가고 있었다.

우리는 '관계' 속에서 살아간다. 나에게서 시작된 관계는 너에게로 그리고 우리에게로 흘러 들어가며 지금도 이어지고 있다. 후배의 따뜻한 편지는 읽을 때마다 간호사로서 나를 돌아보게 한다. 나태해지거나 자만해지려 할 때마다 슬며시 후배의 편지를 꺼내 읽어보곤 한다.

선생님께.
선생님 안녕하세요^^
12월 1일 단톡방에서 이달 7일 자로 심혈관조영실로
간다는 말을 듣고 다른 선생님들과 마찬가지로
많이 놀랐습니다. 지금도 믿기지 않지만 이러한 마음을

다잡고 천천히 글로 남기기 위해 펜을 들었답니다.
작년 8월, 선생님이 우리 병동으로 발령받고
저와 첫 이브닝 근무했던 때가 아직도 생생하게
기억에 남아요. 병동에 적응하지 못하고 1년만,
1년만 하면서 버티던 시절. 모든 선생님 그리고 OO도
불편했던 그 시절, 선생님도 저에겐
어려운 간호사 선생님 중 한 분이었어요.
이브닝 근무 때 제가 맡은 팀이 바빠
4시 BST(Blood Sugar Test, 혈당검사)를 못하고 있었는데,
선생님께서 혼자 돌고 있는 모습을 보고 속으로 '헉' 하며
부랴부랴 뛰어갔어요. 그런데 선생님께서
"됐어, 네 거나 해! 바쁘잖아~. 난 할 것 없어."라며
웃어주는 모습에 놀랐고 항생제를 같이 준비해 주거나
바이털 사인을 해주시는 모습에 적지 않게
충격을 받았답니다. 그 당시엔 무조건 제가 하는 것이
당연하다고 생각할 때였으니까요.

간호사라는 직업.
처음부터 쉽지 않을 거라는 건 알고 시작했지만
저는 일보단 일 속에서 맺어지는 인간관계가 더 어렵고

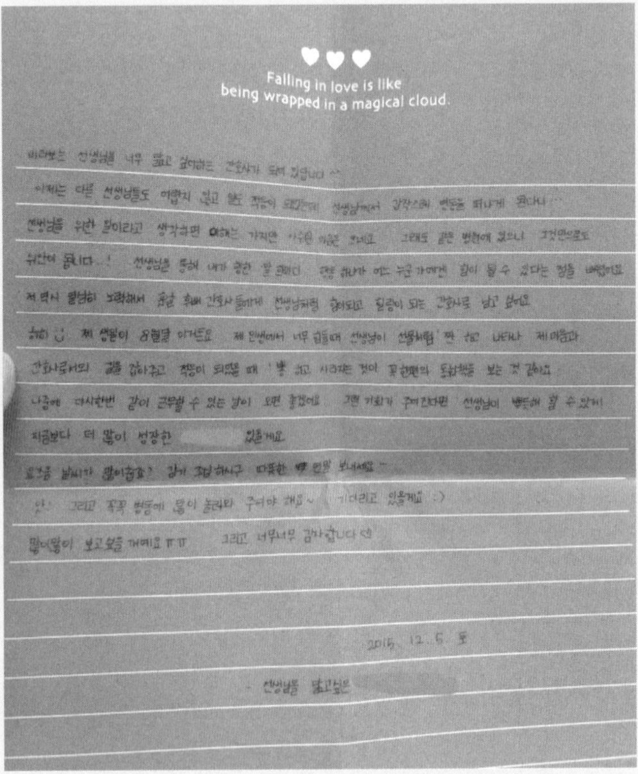

Falling in love is like
being wrapped in a magical cloud.

바라보는 선생님을 너무 닮고 싶어하는 간호사가 되어 있습니다 ^^
이제는 다른 선생님들도 어렵지 않고 일도 적응이 되었는데 선생님께서 갑작스레 병동을 떠나게 됐다니…
선생님을 위한 일이라고 생각하면 떠나는 가지만 아쉬운 마음은 크네요 그래도 같은 병원에 있으니 그것만으로도
위안이 됩니다…! 선생님을 통해 내가 공감 말 한마디 행동 하나가 어느 누군가에겐 힘이 될 수 있다는 점을 배웠어요
저 역시 열심히 노력해서 훗날 후배 간호사들에게 선생님처럼 힘이되고 힐링이 되는 간호사로 남고 싶어요
사실 ^^ 제 생일이 8월달 이거든요 제 인생에서 너무 힘들때 선생님이 선물처럼 '짠' 하고 나타나 제 마음과
간호사로서의 길을 잡아주고 적응이 되었을 때 '뿅' 하고 사라지는 것이 꼭 한편의 동화책을 보는 것 같아요
나중에 다시한번 같이 근무할 수 있는 날이 오면 좋겠어요 그런 기회가 주어진다면 선생님이 뿌듯해 할 수 있게
지금보다 더 많이 성장한 있을게요
요즘 날씨가 많이 춥죠? 감기 조심하시구 따뜻한 연말 보내세요 ~
앗! 그리고 꼭꼭 병동에 놀러와 주셔야 해요~ 기다리고 있을게요 :)
많이많이 보고싶을 거예요 ㅠㅠ 그리고 너무너무 감사합니다 ♡

2015. 12. 5 토

- 선생님을 닮고싶은

힘들었어요. 성격상 낯을 가리고 사근사근하지도
못한데다 행동이 빠릿빠릿하지도 않아 더 힘들었던 것
같아요. 제가 조금만 더 표현하고 용기 내면 될 터인데
그때는 그게 얼마나 어렵던지….
항상 혼자라는 생각이 들었고, 일도 많이 탈 때여서
힘든 표정이 환자에게 다 보이고, 이런 제 모습에
대한 회의감까지….
정말 그냥 아무 의미 없이 딱 1년만 꾹 참자고 생각하며
이 악물고 다녔던 것 같아요. 그러던 어느 날
우연히 선생님의 모습을 봤는데,
제가 생각했던 간호사의 모습이 보이는 거예요.
언제나 친절하고 항상 밝게 웃고 환자를 생각해주고…
후배 간호사에게 "괜찮아." 하며 다독여주고….
그동안 "이렇게 했어?" "이건 했어?" "이건 본 거 맞아?"
이런 이야기를 주로 듣다가 "괜찮아."
"이건 앞으로 이렇게 해야 해."라는 말을 들으니
힘이 나더라고요! (사실 저는 항상 주눅 들어 있는
제 모습이 안쓰러워 선생님께서 그렇게 말씀해
주시는 줄 알았어요.) 당시 얼마나 큰 힘이 되었는지….
지금도 생각하면 너무 감사해요.

그렇게 선생님의 말과 행동을 보며 지냈던 시간이 흘러
1년만… 1년만 했던 코흘리개 신규는 어느덧 임상 2년을
바라보는, 선생님을 너무 닮고 싶어하는
간호사가 되어 있답니다^^
이제는 다른 선생님들도 어렵지 않고 일도 적응이
되었는데 선생님께서 갑작스레 병동을 떠나게 되다니….
선생님을 위한 일이라고 생각하면 이해는 가지만
아쉬운 마음은 크네요. 그래도 같은 병원에 있으니
그것만으로도 위안이 됩니다.
선생님을 통해 내가 행한 말 한 마디 행동 하나가
어느 누군가에게는 힘이 될 수 있다는 점을 배웠어요.
저 역시 열심히 노력해서 훗날 후배 간호사들에게
선생님처럼 힘이 되고 힐링이 되는
간호사로 남고 싶어요 히히 •‿•

제 생일이 8월이거든요. 제 인생에서 너무 힘들 때
선생님이 선물처럼 '짠'하고 나타나 제 마음과
간호사로서의 길을 잡아주고, 적응이 되었을 때 '뿅'하고
사라지는 것이 꼭 한 편의 동화책을 보는 것 같아요.
나중에 다시 한번 같이 근무할 수 있는 날이 오면 좋겠어요.

그런 기회가 주어진다면 선생님이 뿌듯해하실 수 있게

지금보다 더 많이 성장한 OO가 되어 있을게요.

요즈음 날씨가 많이 춥죠? 감기 조심하시고

따뜻한 연말 보내세요.

앗! 그리고 꼭꼭 병동에 많이 놀러와주셔야 해요.

기다리고 있을게요.

많이 많이 보고 싶을 거예요

그리고 너무너무 감사합니다.

- 선생님을 닮고 싶은 OO 드림

환자 앞에서 직전 근무자를 탓해서는 안 됩니다

"10호실의 허OO님 어제 ascites tapping(복수천자) 하셨고 알부민과 P/C(농축적혈구) 1개 맞으셨습니다. 저녁식사가 나오지 않았습니다. 전 근무 간호사 선생님이 청구를 못 해 식사가 안 나왔다고 이브닝 선생님이 설명하고 편의점에서 사서 드실 수 있는지 물어봤는데, 환자분이 그런 음식 안 드신다고 하여 영양팀에 부탁하여 식사가 나왔습니다. 그리고 수혈한 후에 헤파린 캡(heparin cap, 혈관 카테터의 끝에 연결하는 장치로 수액 없이 혈관주사가 있는 경우 그때마다 혈관을 찌르지 않아도 되는 장점이 있다. 헤파린 처리가 되어 있어 혈액이 응고되지 않는다)이 없어서 환자분께 '지금 없는데 빌려와서 해드릴까요?' 하고 물어봤더니 그런 걸 왜 나한테 묻냐며 화내셨다고 합니다. 겨우 빌려와서 했는데 그것도 연결 부위가 제대로 막아지지 않아 피가 새서 환자분의 기분이 많이 상하셨습니다."

나이트 근무 간호사가 인계 중이다. 신규 간호사가 담당이었던 어제 이브닝 때 발생한 일이었다. 상황이 눈앞에 그려졌다. 3교대로 돌아가는 근무이기에 전임자가 일을 놓치면 다음 근무자가 메꾸거나 해결해야 한다. 신규 간호사는 사실 그대로 이야기한 것뿐이겠지만 환자 입장에서는 이전 근무자를 탓하는 것으로 들린다. 누구나 남의 잘못을 뒤집어쓰고 싶진 않다. 하지만 환자 앞에서 동료를 탓해서는 안 된다. 환자는 간호사 개인이 아닌 전체 간호사로 생각하기 때문이다. 인계가 끝난 후 바로 찾아가 사과드렸다. 환자는 한참 동안 하소연했다. 이야기를 들어드리고 마음을 풀어드리는 수밖에 없다.

그날 이브닝으로 출근한 신규 간호사를 따로 불러 상황을 물어보았다. 인계 때 들은 상황과 특별히 다르지 않았다. 본인은 나름 해결하려고 노력했는데 제대로 되지 않았고 환자가 과하게 반응한다고 생각해 억울해했다. 하지만 분명 우리의 잘못이 있었기에 찬찬히 설명해주었다.

다음 날, 교대시간에 간호사들에게 이야기했다.

"애들아, 어제 10호실 허OO님 관련 사건이 몇 개 있었어. 저녁 신청이 안 됐는데 이브닝 간호사가 이전 근무자가 청구하지 않았다고 이야기를 했어. 이런 변명을 환자 앞에서 하는 건 적절하지 않아. 우린 팀이잖니. 일을 빼먹고 가면 물론 열받겠지만 일단 해결부터 해야지. 나중에 따로 불러서 혼내거나 병실을 나와서 투덜거려도 되지만 환자 앞에서 당사자를 탓하지는 말았으면 좋겠어. 내가 근무하는 시간에는 내가 담당이고 책임자니까. 그리고 헤파린 캡이 없으면 환자에게 이야기할 필요 없이 "잠시만 기다려주세요. 제가 연결해드리겠습니다." 하고 다른 팀 카트에서 찾아보던지 옆 병동에서 빌려서 하면 되는 거고. 얘들아 우린 전문직이야. 자부심을 갖고 뽀대나게 일해야지. 그치?"

신규가 성장하기 위해서는 많은 시행착오와 성장통이 있는 게 당연하다. 저절로 커가는 건 없다. 고군분투하는 우리 신규들이 잘 성장하도록 옆에서 지켜봐주고 알려주는 게 선배들의 역할이다. 그리고 이 모든 게 조화롭게 돌아가야 서로에게 긍정적인 시너지 효과를 일으킨다. 뽀대나게 일하는 건 당당하게 일하는 것이다. 그러기 위해서는 책임질 줄 아는 자세가 필요하다.

신규 간호사들이 제일 힘들어하는 것 중의 하나가 수행한 일에 대해 책임지는 것이다. 생명과 긴밀하게 연결된 일이기에 무게감이 크다. 무게를 벗어나고 싶겠지만 그걸 감당할 수 있어야만 간호사로 설 수 있다. 흔들리며 한 걸음씩 가는 신규들이 무게를 잘 감당할 수 있도록 그리고 좋은 간호사로 성장할 수 있도록 오늘도 현장에서는 선배들이 자신의 자리를 지키며 지지하고 있다. 그렇게 우리는 간호사가 되어가고 있다.

잔소리해주는 상냥한 선배

후배가 찾아왔다. 부서에서의 인간관계 때문에 힘들다고 하소연한다. 어느 곳이든 상대하기 어려운 혹은 싫은 유형의 사람들이 있다. 직장생활에서 견디기 힘든 부분은 일보다는 사람에게 치이는 경우다. 2019년 구인구직 플랫폼 '사람인'에서 직장인 379명을 대상으로 '일과 직장 내 인간관계'에 대해 설문조사한 결과를 보면 81%는 '일 vs 사람' 중 퇴사에 더 영향을 미치는 것은 '사람'이라고 답했다. 그리고 인간관계 스트레스(71.8%)가 업무 관련 스트레스(28.2%)보다 심한 것으로 나타났다.(고석용, 직장인 81% 사내 인간관계 스트레스로 퇴사 고민, 머니투데이, 2019.03.20.)

인간은 개인으로 존재하지만 홀로 살 수는 없다. 서로에게 영감을 받고, 상처도 받고, 치유와 사랑도 받는 '사회적 동물'이기 때문이다. '사회적 동물'이라는 의미는 '인간은 사회를 형성하여 끊임없이 다른 사람과 상호작용을 하면서 관계를 유지하고 함께 어울림으로써 자신의 존재를 확인하는 동물이라는 의미'다.(두산백과 참조)

후배가 힘들어했던 인간관계의 갈등 원인은 무엇일까?

2015년 취업 검색엔진 '잡서치'가 남녀 직장인 752명을 대상으로 '직장인 인간관계'에 대해 설문조사한 결과를 보면 함께 일하고 싶지 않은 직장동료 유형 1위는 책임회피형(25.5%), 2위는 분란조장형(19.9%)이었다.(송보미, 직장인과 관리자가 꼽은 '최악의 직장동료 유형' 1위는?' 이코노믹리뷰, 2015.12.22.) 즉 자기의 일이 아니라며 딱 자르고 미루거나 상대를 흠집 내고 비방하여 분위기를 흐리는 유형이다. 후배의 고충 원인도 이것이었다.

직장 내 갈등이 생겼을 때 '나만 참으면 되지 뭐' 하며 참고 넘기거나 술자리나 대화 등으로 해결하려는 경우가 많다. 하지만 대화 방식이 다르거나 감정이 앞서면 상황이 악화될 수 있다. 갈등은 입장 차이에서 발생한다. 서로 조율하면 매끄러운 결과로 이어질 수 있겠지만 이 또한 사람 나름이며 말이 통할 때 가능한 일이다. 도돌이표처럼 자신의 입장 고수, 확대 해석, 고함, 꼬투리 잡기 등으로 이어지면 대화 자체가 어렵다. 가장 좋은 방법은 원인 제공자와 마주치지 않는 것이지만 직장 내 부서 이동은 쉬운 일이 아닐뿐더러 옮긴 부서가 완벽하다는 보장도 없다. 그렇다면 어떻게 해야 할까? 완벽한 해결책은 아니지만 후배에게 다음과 같이 상담을 해주었다.

첫째, 상대는 내가 바꿀 수 있는 대상이 아니다. 사람은 쉽게 바뀌지 않는다. 그런 이유로 기업에서는 교육으로 직원을 바꾸는 것보다 애초부터 잘 뽑는 데 힘을 쏟는다. 바꿀 수 없는 상대에 집중하지 말고 할 수 있는 일에 집중하여 실력을 묵묵히 키우는 것이 나를 향상시킨다. 괴테는 "의무를 다함으로써 자신이 형성된다. 그 의무는 그날그날 완수해야 할 일"이라고 강조했다. 상대 때문에 일을 못하겠다고 또는 하기 싫다고 핑계 대지 말고 오히려 더 몰두하여 실력을 다져라. 실력 있는 자는 인정받기 마련이다.

둘째, 상대가 험담하는데 동조하지 마라. 모든 행동에는 결과가 따르기 마련이다. 본인의 옳음만을 주장하는 교만은 망하는 지름길이다. 험담은 스스로 사람을 내치는 과정이다. 그러니 망하는 길에 동행하지 마라. 누군가에 대한 평가는 언젠가 나에게 돌아온다. 남 탓으로 돌리는 사람에게겐 답이 없고 성장을 기대할 수 없다.

셋째, 기본 예의를 갖춰라. 마주하기 싫어도, 상대가 받아주지 않을지라도 인사하라. 인사를 받지 않으면 상대에게 선택권이 넘어가지만 처음부터 하지 않으면 "OO는 인사도 안 하더라."라는 말과 함께 나의 잘못이 되어버린다. 상대의 태도 때문에 기분이 상한다면 오히려 큰 소리로 인사해보라. 모두가 보고 있는 상황에서 인사를 받지 않는다면 누가 이상한 사람이 되겠는가.

'잡서치'의 또 다른 설문조사에 따르면 같이 일하고 싶은 유형으로 어려운 일이 있을 때 잘 도와주는 수호천사형(26.5%), 매사에 친절한 빙그레형(14.9%)이 꼽혔다. 하지만 이 또한 실력이 선행되어야 한다. 실력이 답이고 실력이 기본이다. 성공하는 사람들을 분석해보면 몇 가지 공통점이 있다. 출근 세 시간 전 기상하여 공부, 운동, 사색을 한다. 급하지 않지만 중요한 일 즉 실력 향상, 체력 비축, 감정과 정신의 조화에 미리 투자한다. 반면 바쁘다는 말을 입에 달고 사는 사람은 급하지만 중요하지 않은 일에 매달려 있다.

공부, 운동, 사색은 자기계발이다. 자기계발을 열심히 하는 이유는 무엇일까? 실력을 키우기 위해서다. 실력을 키우면 무엇이 좋은가? 그 분야의 지명도를 얻게 되며 선택할 수 있는 자유를 얻게 된다. 즉, 해야만 하는 일에서 하고 싶은 일로 자유도가 상승한다. 그러기 위해서는 급하지 않지만 중요한 일들을 평소에 꾸준하게 해놔야 한다.

후배와 상담은 실력과 인성으로 결론지어졌다. 인성과 실력을 갖춘 사람은 언제고 기회가 온다. 따라서 준비해야 할 것은 '실력'임을 일깨워줬다. 지금의 경험은 성장의 기회이며 감정적 대응이 아닌 논리적으로 나를 다스리는 연습 시간으로 받아들이라고 했다. 아울러 불평과 한탄의 시간을 독서로 채워 뱃살 대신 실력을 살찌울 것을 권했다. 지금은 나아져서 돌아가지만 후배는 며칠 지나면 또 찾아와 하소연할 것이다. 효과가 얼마 못 간다 할지라도 나는 또다시 후배의 이야기를 들어주고 조언을 가장한 잔소리를 들려주는 상냥한 선배 노릇을 해줄 것이다.

후배의 발표 덕으로 수간호사가 되었다

공모를 통해 수간호사가 됐다. 이전에는 바로 인사발령이 났지만 이제는 후보자들에게 지원서를 받고 프레젠테이션까지 한 후 선출하는 방식으로 변경됐다. 같이 프레젠테이션을 한 후배 민정이는 내가 지원을 안 했다면 당연히 수간호사가 될 아이였다. 미안해하는 나에게 민정이는 "저는 선생님 되고 나서 다음에 할 거예요. 그래야 제가 마음이 편해요."라며 오히려 위로를 했다. 민정이는 프레젠테이션 자리에서도 포부나 계획 등을 발표하지 않았다.

"저는 아직 부족합니다. 제 앞에 발표했던 김혜선 선생님이 좋은 수간호사가 될 후보이기에 추천합니다."

본인의 장점 및 계획 등을 발표해야 하는 시간에 나를 추천한 민정이. 나중에서야 알게 된 나는 마음이 출렁거렸다. 생각지도 못한 일이었기 때문이다. 수간호사가 된 것보다 곁에 너무도 좋은 후배가 있다는 것에 대해 감사했다. 마음 예쁜 후배 덕으로 나는 수간호사가 되었다. 자리를 뺏은 것만 같아 미안했지만 민정이는 기쁘게 축하해줬다.

시간이 흘러 수간호사 공고가 났고 민정이도 프레젠테이션에 참가했다. 진심으로 응원했다. 쉬운 자리가 아니기에 추천하고 싶진 않았지만, 성장하기 위해서 거쳐야 하는 과정이므로 응원했다. 예상대로 민정이는 수간호사가 되었다. 신규 간호사 때 트레이닝 시켰던 꼬맹이 간호사가 이제는 간호부의 기둥이 됐다. 볼 때마다 뿌듯하고 예쁘다. 좋은 후배들을 더 많이 키워내고 싶다. 선배들의 몫은 맡겨진 후배들을 잘 길러내는 것이고, 성장한 후배들로 인해 간호의 수준이 향상되고 서로 간에 시너지를 이뤄가는 것이다.

수간호사가 된 지 1년. 5년과 같은 1년이었다. 사건 사고가 끊이지 않았기에 더욱 긴 시간처럼 느껴졌다. 무난하고 평범한 날들이면 기억날 게 별로 없겠지만, 수간호사가 되기 이전보다 후의 1년 동안 일어난 사건이 월등히 많았다. 머리가 복잡했다. 집에서도 전화벨이 울리면 무슨 사건이 터졌나 하며 가슴이 철렁했고 개인생활이 어려웠다.

어린이날 아이와 영화를 보러 갔다가 병동에서 사고가

났다는 전화를 받고 중간에 불려 나갔다. 사망한 환자의 틀니가 분실되어 야밤에 병동에 나가 쓰레기통을 다 뒤지고 장례식장에 가서 유족들에게 사과한 일도 있었다. 밤에 찾아갔으나 결정자인 오빠가 없으니 새벽에 다시 오라고 하여 탈의실에서 밤을 꼬박 새우고 다시 장례식장을 찾았다. 그들은 사과를 받지 않았다. 더 이상 내가 해결할 수 있는 범위를 넘어섰기에 의료분쟁 조정으로 넘어갔다.

나의 능력을 넘어서는 벅찬 일들이 수시로 터졌고 참 좋고 예쁜 우리 간호사들이 눈에 밟혔지만 수간호사를 계속해야 하는가에 대한 의문을 가지게 됐다. 한번 해봄직한 일이긴 하지만 꼭 고집하고 싶지는 않다는 생각이 커졌다.

지금 내가 여기 서 있는 것은 힘든 과정을 견뎌냈고, 도망가고 싶고 그만두고 싶은 순간들을 참아낸 덕분이다. 힘든 순간마다 사직을 생각했지만 실행에 옮기진 않았다. 마치 학교처럼 꼭 다녀야 하는 것으로 생각했다. 책임감 때문이었다. 당시에는 도망가고 싶을 만큼 힘들었지만 지나고 보니 어쩔 수 없이 해야만 했던 것들이 나를 만들어가는 자양분이 되었다.

그리고 참 감사하다. 수간호사를 한 덕분에 그 자리에 가야만 볼 수 있는 것들을 보게 됐기 때문이다. 평간호사 입장에서는 이해가 되지 않았지만 중간 관리자가 되어보니 어쩔 수 없는 부분도 있다는 걸 알게 됐다. 그리고 기존의 수간호사님들과 가까워지게 되어 참 좋았다. 어렵게만 대했던 분들을 같은 수간호사라는 입장으로 만나게 되니 그동안 보지 못했던 살갑고 따뜻한 마음을 느낄 수 있었다. 근무표를 짜는 어려움, 사직 상담하는 간호사들에 대한 고민, 각종 안전사고와 수많은 서류작업에 대한 고충들을 같이 이야기하고 조언도 받을 수 있었다. 함께한 시간들이 있었기에 어려움보다는 고마움과 반가운 마음이 솟아났다.

현재 나는 간호부가 아닌 진료부에서 일하고 있지만 간호부의 어려운 상황을 너무도 잘 알기에 도와줄 수 있는 부분들은 기꺼이 돕고 있다. 나의 뿌리이자 좋은 이들을 만난 고향 같은 곳이기 때문이다. 간호부에서 보낸 20년 가까운 시간들은 간호사로서 나의 근간이 되었다.

인생은 어찌 보면 산수와도 같다. 씨를 뿌려야 거둘 수 있는 것처럼 정확하게 법칙이 작동하는 때가 있다. 기역, 니은을 배워야 글을 알게 되는 것과 같은 이치다. 기역, 니은을 배우는 건 지난하고 어렵고 당장 성과가 나타나는 건 아니지만 그 과정을 거쳐야만 나만의 공부, 나만의 길로 나아갈 수 있다. 간호사로서의 기초를 닦고 울며 짜며 쌓아온 그 시간들이 지금의 나를 만들었다.

노자『도덕경』의 첫 구절은 다음과 같이 시작된다.

'도가도 비상도(道可道 非常道), 명가명 비상명(名可名 非常名)'
- 도라고 말할 수 있는 도는 도가 아니다. 이름 지을 수 있는 이름은 이름이 아니다.

궁극의 경지에 이르기 위해서는 반드시 수단이 필요하다. 하지만 궁극에 도달하면 수단은 어느새 사라진다. 마치 강을 건너기 위해 배가 필요하지만 건너간 후 저쪽 세상에 도달하면 배가 필요 없어지는 것처럼 말이다.

위진남북조 시대의 천재 사상가 왕필은 주역에 대한 주석을 달면서 득의망상(得意忘象), '뜻을 얻었으면 궤를 잊어버려라.' 하고 이야기했다. 한나라 사람들이 주역의 궤를 이리저리 해석해서 궤 자체를 신비화시키는 것에 대한 비판의 뜻이었다. 궤의 의미를 알았다면 궤에 집착하지 말고 그 너머에 있는 본래의 의미를 깨달으라는 말이다. 간호 또한 마찬가지다. 쪽지시험 보며 외웠던 의학용어, 숱한 약물들의 작용과 부작용 및 용법 그리고 여러 가지 수술과 시술에 대한 준비와 처치 등은 간호를 잘하기 위한 수단일 뿐이다. 모든 것들이 나의 몸에 흡수되어 하나가 되면 개별의 수단은 사라지고 나를 통해 간호로 나오게 된다. 이것이 도의 경지이며 포정이 소를 잡을 때의 경지다.

> 서툰 백정은 소를 소로만 볼 뿐 그것이 '나'라는
> 존재의 가능태임을 보지 못한다. 그러니 유형한 칼로
> 유형한 소를 자르고 벤다. 포정은 유형한 것을 육안으로
> 보지 않고 마음의 눈으로 보고 마치 무형한 것으로
> 무형한 것을 자르고 베는 듯했다.
> 거기에는 어떤 부딪침도 없이 바람과 같은
> 자연스런 흐름만이 있을 뿐이다.
>
> - 장석주, 『느림과 비움의 미학』 중에서

어떤 부딪침도 없는 자연스러운 흐름과 같이 일하는 내가 되고 싶다. 일하는 게 기술이 아니라 음악을 연주하듯 하고 싶다. 또 그런 후배들을 키워내고 싶다. 그래서 좋은 자리가 있을 때 민정이가 내게 했듯이 자신 있게 이야기하고 싶다.

"정말 적합하고 좋은 사람이 있습니다. 저보다도 너무나 훌륭한 후배이기에 추천합니다!"

무형의 '간호', 유형의 '간호사'

악기는 사람의 손과 입의 도움을 받아 소리를 울려내되
소리의 영역과 경계를 넓고 깊게 만들어
사람에게 되돌려준다. …… 소리는 악기에게 와서
비로소 울림으로써 그 존재를 드러내며 산 자의 생을
현재화하고 실감으로 살려낸다. ……
소리의 발생과 사라짐 사이의 인과관계는
비교적 명료하지만 그 근원은 사람의 생의 근원이
그러하듯 아득하고 모호하다.

- 김훈, 『현의 노래』 중에서

간호는 종합예술이다

나를 도구로 간호를 제공하는 총체적인 학문이며 인문학 그 자체다. 최상의 연주를 위해서는 악기의 조율과 연주자의 뛰어난 실력이 바탕이 되어야 하는 것처럼 나의 생각과 마음, 지식과 태도를 가꾸고 정렬시켜야 한다. 그런 면에서 악기와 연주자, 간호와 간호사의 관계는 동등하다.

간호사는 전문적인 돌봄을 제공하는 통로다

환자의 건강 회복 과정에서 간호사는 시작점이며 마침표다. 무형의 '간호'는 유형의 '간호사'를 통해 현재성을 드러낸다. 실체가 없는 간호는 환자의 내원과 더불어 시작되는 모든 치료의 과정 - 환자 상태 파악, 처방 확인 및 수행, 검사·처치·수술 등의 제반 사항 시행, 환자교육, 담당의·검사실·이송요원·영양팀·행정팀 등 연관 부서와 의사소통, 보호자 상담 등 - 에서 에너지를 발산하며 활동성을 나타낸다. 간호는 무형의 에너지인 까닭에 실체는 없으나 입원에서 퇴원까지 간호사라는 통로를 지나면서 환자는 전문적인 돌봄을 체감하게 된다.

어떤 직업을 갖더라도 인간다움을 이해하는 건 기본이지만 전문적인 지식을 밑바탕으로 돌봄을 제공하는 간호사에게는 더욱 중요하다. 다양한 분야를 아우르며 돌봄의 미학인 간호로 꿰뚫는 건 간호사로서의 소명이자 직업의식이다. 이 의식과 자부심은 환자가 받는 치료를 수준 높게 만드는 동력이 된다.

간호는 나를 품어가는 시간이다

이해되지 않고 무례한 사람들을 무수히 겪었음에도 간호사의 길을 가는 이유는 그 안에서만 느낄 수 있는 '빛'이 있기 때문이다. 고함과 욕설, 성냄으로 자신의 주장을 펼치는 이들은 참기 어렵다. 그러나 그들의 모습이 부끄러운 부분은 감추고 잘난 부분만을 보이려는 수컷 공작새의 화려한 날갯짓임을 깨닫는 순간이 온다. 표현의 방법만 다를 뿐 그들과 내가 다르지 않음을 깨닫는 순간, 마음의 평수는 확장된다. 문학은 간접적으로 남이 되어보는 연습을 하지만 간호사는 현장에서 직접 마주한다. 다양한 인생들을 직접 만난 간접 경험이 간호사라는 '나'를 빚어간다.

매화는 피어서 군집을 이룬다. 꽃핀 매화 숲은 구름처럼 보인다. 이 꽃구름은 그 경계선이 흔들리는 봄의 대기 속에서 풀어져 있다. 그래서 매화의 구름은 혼곤하고 몽롱하다. 이것은 신기루다. 매화는 질 때, 꽃송이가 떨어지지 않고 꽃잎 한 개 한 개가 낱낱이 바람에 날려 산화(散華)한다. 매화는 바람에 불려가서

봄날의 벚꽃 그리고 반짝이는 별 민정이와 함께

소멸하는 시간의 모습으로 꽃보라가 되어 사라진다.
가지에서 떨어져서 땅에 닿는 동안, 바람에 흩날리는
그 잠시 동안이 매화의 절정이고, 매화의 죽음은 풍장이다.

- 김훈, 『자전거 여행』 중에서

벚꽃이 찬란한 봄날이다.

뿌듯함도 있지만 고단함과 눈물이 어려 있던 나의 임상 간호사의 시간은 꽃보라가 흩날리는 찬란한 봄과 대비된다. 그러나 바람이 불면 쭉정이가 날아가듯 고됨은 시간 속에 풍화되고 같이 일한 나의 별들이 알곡으로 남아 반짝인다. 별과 함께 점심의 햇살을 맞으며 산책을 한다. 같이 눈물 글썽이며 치열하게 일했던 동료가 나에겐 반짝이는 별이다. 봄날을 보며 즐거워하는 별, 민정이가 내게 말한다.

"샘이랑 같이 있어서 너무 좋아요!"

무형의 '따뜻함'이 유형의 '별'을 통해 전해지는 순간이다.

4부

간호사 삼월이의 단상

일상과
영원회귀사상

영원회귀사상(永遠回歸, Ewige Wieder-Kunft).
니체의 공상적인 관념. 그에 의하면, 생(生)은
원의 형상을 띠면서 영원히 반복되는 것이고,
피안의 생활에 이르는 것도, 환생(還生)하여 다음 세상에서
새로운 생활로 들어가는 것도 모두 부정하고,
항상 동일한 것이 되풀이된다는 사상이다.
여기에서 니체는 현실의 삶의 고뇌와 기쁨을 그대로
받아들이고 그 순간만을 충실하게 생활하는 데에
생의 자유와 구원이 있다고 주장하였다.

- 임석진 외, 『철학사전』 중에서

워킹맘의 평일 연차는 오롯이 나를 위한 시간이 될 수 없다. 첫째를 학교에 보낸 후 안 일어나겠다고 시위하는 둘째

를 깨워 학교에 데려다주고 돌아오면 잠시 나의 시간이 온다. 오늘은 병원에서 일하는 내가 연차를 받아 또 다른 병원을 향해야 한다. 엄마의 진료를 위해서다. 평균수명이 늘어나 70대는 청년이라고 하지만 엄마는 그렇지 않다. 드넓은 종합병원의 복도에서 어딜 가야 할지 몰라 어리둥절해하는 엄마의 모습을 본 뒤로 나는 가능한 한 같이 따라나선다. 진료를 받고 약국에서 약을 사니 벌써 오후 3시다.

"딸내미가 같이 와주니까 이렇게 금방 하지, 혼자 다니면 바보라 아무것도 못하네."

엄마는 내게 잔잔한 호수와 같다. 어렸을 때 엄마는 못하는 게 하나도 없고 엄마의 품에 있으면 무서울 게 없었다. 그러나 이제는 내가 엄마의 보호자로 따라나서고 엄마가 나에게 기대게 되었다. 사람의 인생이 하나의 긴 여정이라는 말을 이제는 조금 알 것 같다. 우리는 태어나서 누군가의 보살핌을 받아야만 성장할 수 있다. 하지만 좀 크고 나면 기고만장해서 혼자 모든 걸 다 해낸 것처럼 다닌다. 그러다가 짝꿍을 만나 결혼하고 아이를 낳고 키워가며 부모님을 이해하게 된다. 세상이 내 뜻대로 되지 않음을 깨닫고 그럼에도 불구하고 아이를 품어야만 함을 알아가면서 진짜 어른이 되어간다.

예전의 사진들을 보면 지나온 시간들이 추억이라는 이름으로 변해 있다. 그러기에 오늘 하루를 열심히 채워가야 한다. 오늘은 추억으로 쌓여갈 것이며 평범하고 잔잔한 일상들을 진주알 엮어가듯 살아가는 게 인생이기 때문이다.

밀란 쿤데라의 『참을 수 없는 존재의 가벼움』은 이렇게 시작한다.

영원한 회귀란 신비로운 사상이고,
니체는 이것으로 많은 철학자를 곤경에 빠뜨렸다.
우리가 이미 겪었던 일이 어느 날 그대로 반복될 것이고
이 반복 또한 무한히 반복된다고 생각하면!
이 우스꽝스러운 신화가 뜻하는 것이 무엇일까?

니체는 우리가 변하지 않는 생각에 갇힌 데 대해, 갇혔다는 생각조차 하지 못한 데 대해 경종을 울린 철학자다. 그는 우리를 가둬놓은 담벼락을 '신'으로 표현했고 '신은 죽었다'고 말함으로써 우리의 담벼락을 타파하려 했다. 니체는 또한 영혼회귀 개념을 우리에게 던져주며 지금 내가 하고 있

는 일은 10만 년 전에도, 20만 년 전에도 그리고 앞으로도 반복될 일이므로 똑같은 삶을 살더라도 후회하지 않을 삶을 살라고 얘기한다.

"지금까지 살아온 삶의 내용을 그대로 연장하면 된다는 사람이 있다면 긍정적인 인생을 살아온 것이다."

100년을 넘게 산 연세대학교 철학과 김형석 명예교수가 우리에게 해주는 이야기도 니체와 같은 맥락이다. 여기에 덧붙여 사랑하고 감사하라고 했다. 현실에서의 내 삶을 잘 살아야 하며 지금 살아온 내용이 계속 반복된다 해도 후회 없을 그런 삶이 진정 잘 사는 인생이라는 것이다. 헛발질하는 것 같고 제자리만 뱅뱅 도는 것 같은 날들 속에서 니체와 교수님의 글은 나를 그리고 오늘을 다시 돌아보게 한다.

비록 오늘, 자유시간은 거의 없고 나를 위함보다 누군가를 돌보기 위한 시간으로 채웠지만 푸념하지 않고 행복하고 감사하려고 노력했다. 이리저리 치이는 모습이지만 주변의 사랑하는 이들을 위해 나를 나누고 마음을 쓰는 과정 중에 생기는 웃음소리와 따뜻함은 구멍 난 마음을 행복으로 메꿔준다. 엄마가 밤잠 못 자고 힘들게 아이를 키우지만 아이의 웃음 하나에 모든 피로가 사라지는 것처럼 말이다.

살아가는 모든 건 삶의 재료가 되어 모자이크처럼 우리

의 하루를 만들어간다. 그리고 『참을 수 없는 존재의 가벼움』은 궁극적인 아름다운 삶의 모습을 다음과 같이 결론지어준다.

슬픔은 형식이었고 행복은 내용이었다.
행복은 슬픔의 공간을 채웠다.

그대의 머리에 별을 올려주고 싶습니다

빈센트 반 고흐의 작품에는 밤하늘과 별이 자주 등장한다. 고흐는 밤하늘을 바라보며 "별을 보는 건 언제나 나를 꿈꾸게 한다."라고 했다. 그는 사람들에게 꿈과 행복을 줄 수 있는 그림을 그리고자 했고 소망하던 대로 사람들의 머리 위에 별을 드리워주는 작품을 그려냈다. 「별이 빛나는 밤」은 그의 대표작이자 별이 반짝이는 풍경이지만 아이러니하게도 고갱과 다투고 나서 자신의 귀를 자른 뒤의 작품이다.

윤동주 시인은 그의 시 「별 헤는 밤」에서 별을 헤아린다. 별 하나에 추억과, 사랑과, 쓸쓸함과, 동경과, 시와, 어머니를 부르면서 말이다. 시인은 아끼고 사랑하는 모든 것들을 별과 함께 불러본다. 또 「서시」에서는 별을 노래하는 마음으로 모든 것을 사랑하며 주어진 길을 걸어가겠노라고 다짐한다. 시인에게 별은 그리움이자 따뜻함이고 소망의 대상이다.

사진 Unsplash

김경일 교수는 「전국 상위 0.1% 학생의 비밀」 강연에서 2^2, 3^2 등 수학의 기본 개념인 제곱의 기원에 대해 얘기했다. 특히 관심이 갔던 부분은 '제곱은 왜 숫자 옆에 작게 표시되는가'였다. 관행적으로 써왔던 부분이기에 전혀 의문을 갖지 않았던 나는 그제야 궁금해지기 시작했다.

강연에 따르면 15~17세기에 수식 기호가 만들어지기 시작했는데, 수학자들은 경제적 문제 해결을 위해 부업으로 시계 수리공을 했다고 한다. 시계 수리공이 되기 위해서는 당시 최첨단 기구인 톱니바퀴의 회전에 대한 이해가 필수였고, 수학자가 아니면 시계의 작동원리를 알기 힘들었다.

수학은 개념이고 시계는 기계다. 개념적인 사고를 하는 사람이 기계의 물리를 실제로 설명하기 위해서는 은유 즉 메타포(metaphor)를 사용해야 했다. 자기의 용어만 사용하면 일반인들이 알아들을 수 없기 때문에 수학자들은 별의 주기를 사용하여 시계의 원리를 설명했다. 당시 수학자는 수학적 지식은 물론 시계 수리 능력, 천문학 개념을 함께 보유했기 때문에 수학에 천문학 개념이 많이 들어갔다고 한다.

$2^1=2$, $2^2=4$, $2^3=8$, $2^4=16$ 등 제곱을 하면 숫자가 직선적으로 증가하지 않고 하늘을 향해 올라가게 된다. 이 때문에 별자리처럼 제곱을 하늘 위로 올리게 됐으며,별에 대한 존

경심과 경외감을 담아 표현했다고 한다.

이 강연의 본래 주제는 '상위 0.1% 학생은 왜 공부를 잘하는가'였다. 학생들의 특성을 분석한 결과 부모의 경제력이나 IQ는 큰 영향이 없었던 대신 '이타적'이라는 공통점이 있었다. 그들은 전교 2등이든 꼴찌든 관계없이 질문에 성실하게 답한다. 꼴찌가 묻는 질문은 상식을 넘는, 즉 바탕이 되는 개념 자체를 모르는 경우가 대부분이다. 강연에서처럼 제곱을 표시하는 숫자가 왜 위에 작게 붙는가를 묻는 것이다.

전교 1등은 꼴찌의 질문을 무시할 수 있다. 하지만 자신마저 무시하면 친구들에게 더 무시당할 것을 생각하여 답을 찾기 시작한다. 마침내 '위키피디아'의 '수의 기원' 챕터, 아리스토텔레스부터 검색하여 답을 찾아낸다. 엉뚱한 질문을 받더라도 알아내려고 노력하는 점이 다른 학생들과 달랐다. 엉뚱한 질문들은 대부분 '내가 이걸 왜 하고 있는가?' '어디서부터 왔는가?' 즉 기원과 근원에 대한 질문이다. 정말 알고 싶은 것을 탐구하는 0.1%의 아이들은 이타심을 바탕으로 질문에 대한 답을 찾고 만들어간다고 김경일 교수는 이야기한다.

이들의 이타심은 꼴찌들을 밟고 올라서는 게 아니라 '공부해서 남 주는 모습'이다. 그러면서 자신들의 지혜를 더해 간다. 모두가 전교 1등을 할 수는 없지만 이타심이 있다면 고흐처럼 사람들의 머리 위에 별을 드리워주고 윤동주 시인처럼 아끼고 사랑하는 모든 것들을 별과 함께 노래할 수 있게 된다.

간호사는 전문적인 지식인이며 일 자체로 이타심을 발휘할 수 있을 뿐 아니라 누군가에게 별을 드리워줄 수 있는 고귀한 직업이다. 진정한 이타심은 전문직에 걸맞은 지식과 공부, 인격과 태도가 겸비되어야 한다. 전문직이면서 제대로 된 지식을 겸비하지 않으면 그가 제공하는 지식은 무기가 아닌 흉기가 되어버린다.

좋은 간호사는 어려운 검사나 수술, 시술 등을 쉬운 용어로 전환하여 이해하기 쉽게 설명한다. 어려운 의학용어를 써가며 환자가 이해하지 못한다고 툴툴거린다면 준비가 덜 된 것이다. 이타심은 타인을 위하는 동시에 나를 위하는 것이다. 내가 서 있는 곳에서 누군가에게 별을 드리워주고 누군가가 별이 되게 하는 아름다운 삶은 작은 이타심으로 시작할 수 있다.

손이 향하는 길
'손길'

#1

알브레히트 뒤러(Albrecht Dűrer, 1471~1528)는 독일 뉘른베르크 출신의 르네상스 시대 화가, 조각가, 판화가다. 이름은 생소해도 그가 그린 「기도하는 손」은 익숙하다. 이 그림에는 가난한 젊은 화가 뒤러와 프란츠 나이스타인(Franz Knigstein)의 아름다운 우정이 담겨 있다.

가난했던 그들은 그림 공부를 제대로 하기 위해 일단 한 사람이 먼저 미술 공부를 시작하고 한 사람은 생계를 책임지기로 했다. 먼저 뒤러가 그림 공부를 시작했다. 미술학교를 졸업하고 그림이 팔리기 시작하자 뒤러는 약속대로 친구에게 돌아왔다. 하지만 친구의 손은 오랜 육체노동으로 굳어 있었다. 프란츠는 상심해하는 대신 뒤러가 자신의 몫까지 아름다운 그림을 그릴 수 있게 해달라고 간절히 기도했

알브레히트 뒤러, 「기도하는 손」 (구글이미지)

다. 뒤러는 프란츠의 모습을 작품으로 그려냈다. 굳은살과 여기저기 상처가 생긴 투박한 두 손을 정성스럽게 모으고 간절히 기도하는 프란츠의 모습은 명작 「기도하는 손」으로 다시 태어났다.

#2

2021년 7월, 마포구의 한 오피스텔에서 남성 A씨가 숨진 채로 발견됐다는 기사가 여러 언론에 실렸다. 기사에 따르면 A씨의 온몸에는 폭행당한 흔적이 남아 있었고, 몸무게 34킬로그램의 저체중 상태였다.

A씨는 고교 동창 두 명에게 노예처럼 학대받고 감금당했다. 이들은 A씨를 괴롭히는 모습을 지속적으로 촬영했다. 이 모든 일은 A씨에게 고소당한 데 대한 보복이었던 것으로 밝혀졌다.

#3

2021년 5월의 어느 새벽, 서울 마포대교. 극단적인 선택을 하려던 20대 남성이 네 명의 환일고 학생들에 의해 구조됐다. 학생들은 난간 사이로 손을 넣어 남성을 힘껏 붙잡았고 구조대원이 난간을 넘어가 신속하게 그를 구해냈다.

독서실에서 공부하다 잠시 바람을 쐬러 나왔던 학생들의 따뜻한 관심이 한 사람의 소중한 생명을 구해냈다.

#4

영국의 윌리엄 윌버포스(William Wilberforce, 1759년 8월~1833년 7월)는 노예무역과 영국 동인도회사의 인도 착취를 반대했던 인물이다. 그는 약자에 대한 억압과 약탈이 제도화되어 있던 사회에 반기를 들었다.

당시 인도에는 살아 있는 여자를 죽은 남편의 시신과 함께 산 채로 화장하는 수티(suttie)라는 관습이 있었다. 조금 전까지 함께 이야기를 나누던 여인의 화형식에 이웃 주민들도 참여한다.

이 잔인한 의식에 사용되는 나뭇가지는 아주 작다. 불쌍한 여인의 다리가 괴로움을 못 이겨 불길 속에서 발버둥칠 때 이웃 사람들은 그 다리를 두들겨 패서 다시 불 속으로 밀어 넣고 웃는다. 그리고 여인의 자녀들은 같은 날 부모를 모두 잃는다. 윌버포스는 이 야만스럽고 잔인한 관습의 철폐를 주장했다.

손길:

1. 내밀거나 잡거나 닿거나 만지거나 할 때의 손.

2. 도와주거나 해치는 일을 비유적으로 이르는 말.

3. 손의 움직임.

-『표준국어대사전』

그대의 손은 어떤 손인가? 누군가를 위해 기도하는 손인가? 다른 이들을 학대하고 폭행하는 손인가 아니면 악행에 동참하는 손인가? 죽어가는 자를 살리는 손인가 아니면 죽음의 길로 밀어 넣는 손인가?

우리의 손길은 삶의 방향성을 나타낸다. 손이 향하는 길, '손길'은 나의 가치관뿐 아니라 나를 대표한다. 누군가를 위해 펼친 손은 그냥 손이 아니다. 그러기에 이 단어는 따뜻하고 긍정적인 표현에 주로 사용한다. '사랑의 손길, 감사의 손길, 도움의 손길, 온정의 손길'처럼.

지금 나의 손길이 어디로 가고 있는지 확인해보자. 컴퓨터 마우스나 휴대폰을 쥐고 있다면 악플을 달거나 성착취물 등에 로그인하고 있는지 아니면 따뜻한 댓글을 올리거나 누군가를 돕는 펀딩이나 기부에 참여하고 있는지 돌아보자. 내가 남기는 흔적은 세상을 선하게 만들거나 악하게 만드는 방향

중 어딘가로 향하고 있다. 그대의 손길은 지금도 선택의 길목에 있는 셈이다. 코로나19로 직접적인 신체접촉은 여의치 않다. 하지만 온라인을 통해서도 나의 손길은 세상으로 뻗어나가며 따뜻한 온기와 차가운 냉기를 그대로 전하고 있다.

오늘도 세상은 수많은 손길에 의해 돌아가고 있다. 버스를 운전하는 손길, 환자를 돌보는 손길, 요리를 담아내는 손길, 아이를 안는 손길, 글을 써 내려가는 손길, 어깨를 토닥이는 친구의 손길, 쓰레기를 담아내는 손길, 악기를 연주하는 손길, 씨앗을 뿌리는 손길 그리고 누군가를 위해 기도하는 손길.

누군가를 위해 기도해본 적이 있는가? 타인을 위해 기도하는 사람은 상대를 따뜻하게 바라볼 수밖에 없다. 마음에 그 사람을 품고 있기 때문이다. 기도는 서로의 마음을 하나로 해준다. 누군가를 향하는 기도는 나에게로 돌아온다. 따뜻함이 선순환되는 아름다운 삶의 모습이다. 뒤러의 그림은 우리에게 참된 기도가 무엇인지 알려준다.

오늘,

그대의 손길은 어디로 향하고 있는가?

나의 뾰족한 마음이 누군가의 가슴에 생채기를 낼 것 같은 순간

뾰족한 마음이 경계를 뚫고 나와 누군가의 가슴에 생채기를 낼 것 같은 순간, 나는 잠시 입을 닫는다. 별거 아닌 일에 괜히 신경이 곤두서고, 이를 주체하지 못하면 가까이 있는 누군가에게 나의 못됨이 쏟아져 나올 수 있기 때문이다. 원인은 '기분' 때문인 경우가 많다. 기분이 이끄는 대로 행동하면 감정의 독소가 마구 배출되어 누군가에게 쏟아붓게 된다. 원인제공자는 분명 '나'지만, 이를 인정하는 경우는 드물다. 상황이나 상대의 잘못을 탓할 뿐. 심한 경우 욕설이나 싸움으로도 이어진다.

나의 기분을 다독이며 잘 지낼 수 있는 방법은 무엇일까? 하루를 삐걱거리며 시작하면 나뿐만 아니라 연결된 타인들까지 재수 없는 날이 된다. 빨리 그 감정에서 벗어나야 한다. 곤두선 기분을 달래거나 통칠 수 있는 자신만의 상큼한 방법을 마련해놔야 감정의 롤러코스터에서 내릴 수 있다. 이는 성품과 인격의 평가지표가 될 뿐 아니라 삶의 질에도 영향을 미친다.

나의 기분을 주도하고 조절하려면 어떻게 해야 할까? 영화배우 하정우는 그 방법으로 걷기를 선택했다. 부작용도 없고 건강도 챙길 수 있는 좋은 방법이다. 기분이 가라앉거나 부글부글 올라오면 일어나 그 자리를 떠나라. 장소가 주는 무게와 분위기 때문에 그곳에 머무는 동안은 안 좋은 기분을 떨쳐내기 쉽지 않다. 그곳을 떠나 5분만 지나도 기분이 달라진다.

항상 같은 주제로 언쟁이 생긴다면 다른 주제로 전환하라.

쉽지 않은 일이다. '싸움으로까지 번지지 않게 하는 노력을 왜 내가 해야 하는가?'라는 의구심이 생기면서 괜히 내가 지는 것 같기 때문이다. 자기 생각을 강요하고 설득하려는 의도가 다분한 대화는 서열 경쟁의 다른 모습이다. 생각의 덩치를 키우지 말고 멈춰야 한다. 나비효과를 생각해보라. 나비의 날갯짓이 지구 반대편에 태풍을 몰고 온다는 그 파장을.

내가 조절할 수 있는 건 나 자신밖에 없다. 조던 B. 피터슨은 그의 책 『12가지 인생의 법칙』에서 '비극을 비극으로만 머물도록, 그 비극이 불지옥으로 변하지 않도록 자신을 조절'하라고 조언한다. 나의 이 작은 센스가 불지옥을 예방할 수 있다. 선으로 악을 이기는 방법이다.

별일 아닌데 짜증이 나고, 기분이 나의 조절력 밖에 있다고 느껴지는 때는 언제고 찾아온다. 이런 변수에 대처하는 자기만의 방식을 정해놓고 규칙화시키는 것이 좋다. 감정의 늪에서 허우적거리면 더 깊이 빠질 수밖에 없다. 기분은 기운이 세서 나를 휘어잡는다. 안 좋은 기분의 배출구, 쓰레기통을 마련해놔야 탈이 없다. 쓰레기를 쓰레기통에 버리지 않고 마음에 지니고 있으면 머지않아 쓰레기에 압도된다. 곧 독소와 악취가 발생한다. 누군가를 험담하고 탓하는 건 쓰레기만 더할 뿐이다. 조던 B. 피터슨이 추천하는 '감정의 쓰레기를 처리할 수 있는 좋은 방법'은 이것이다.

"세상을 탓하기 전에 방부터 정리하라!"

내 뜻대로 되는 게 얼마나 있겠는가!

라디오에서 흘러나오는 이탈리아 가곡, 「Caro Mio Ben」 그 선율을 타고 시간 여행을 떠난다. 수업 시간에 이탈리아어를 몰라 한글로 '까로미오벤' 하며 가사를 쓰던 기억이 입가에 미소를 머금게 한다.

고등학교 시절, 악기를 전공하고 싶었지만 1학년까지만 했다. 부모님은 내색하지 않았으나 우리 집 사정으로는 부담이라는 걸 알고 있었기 때문이다. 가지 않은 길에 대한 후회는 없다. 하지만 생이 다시 시작된다면 예술가의 길을 가 보고 싶다. 짧은 시간이었지만 관악기들을 가까이에서 만져 보고, 연주하고, 합주했던 경험은 지금까지도 나의 삶에 긍정적인 영향을 주고 있다. 그 시간이 없었더라면 내가 어떻게 「Caro Mio Ben」의 여러 버전을 들으며 악기 하나하나의 음색을 구별하고 선율을 따라가며 들을 수 있겠는가? 입구에서만 서성이다가 돌아선 길이었지만 그 경험을 바탕으로 다른 기쁨을 창조할 수 있게 되었다. 고속도로에서 벗어나 샛길로 빠져서 누리는 것 같은 기쁨이다.

세상에는 프리마돈나만 있는 것이 아니다. 대부분 그들이 주목을 받지만 세상은 수많은 보이지 않는 이들 덕분에 돌아간다. 내가 프리마돈나가 아니어서 내 뜻대로 되는 게 없다고 원망하고 탓하는 건 자신을 망칠 뿐이다. 인생은, 실제 일어난 일이 20%라면 그 일에 대한 나의 태도가 80%를 차지한다. 같은 사건이라도 어떻게 대하고 해석하느냐에 따라 결과는 달라진다.

인사이동이 있다고 가정해보자. 누군가는 승진을 하고 기대했던 누군가는 안 되는 게 세상이다. 결과에 불만을 가지면 힘든 건 본인이다. 그럴 때마다 자신을 다독일 수 있는 무언가가 있어야 한다. 나의 경우 '인사권은 하나님의 영역이지 내 영역이 아니야. 안 됐다면 내 자리가 아닌 거지.' 하며 나 자신에게 이야기해주고 결과를 인정한다. 나에게는 선택할 수 있는 자유의지가 있기 때문이다.

목소리를 타고 나온 말은 힘이 있다. 그 영향력으로 마음이 정돈되며 편안해진다. 이 길이 아니면 다른 길이 있다고 믿기 때문이다.

씨앗의 입장에서 프리마돈나의 조건은 평평한 땅, 질 좋은 흙 그리고 따뜻한 햇볕이 드는 곳이 아닐까? 하지만 어디 마음대로 되는가. 비가 많이 와서 낯선 어딘가로 떠내려가도 씨앗은 그 자리에서 싹을 틔운다. 아스팔트의 틈, 벽돌 사이, 갈라진 담장일지라도 말이다. 묵묵히 뿌리를 내리고 힘겹게 버티고 있는 모습은 조용히 우리를 다독인다.

좁은 틈을 비집고 나오는 새싹들을 보면 기특하다. 자신의 자리를 지켜주어 고맙고 용기를 북돋아줘서 고맙다. 이 봄, 또 어딘가에서는 새로운 싹들이 피어날 것이다. 머무르게 된 자리가 어디일지라도 '급한 물에 떠내려가다 닿은 곳에서 싹을 틔우는 씨앗'처럼 자신만의 봄을 만들어가기를 응원해본다.

'웨이터의 법칙'을 명심하라!

#1.

"나는 너를 '딸'로 생각하는데 너는 그렇지 않더라."

시어머니의 이야기에 며느리는 시큰둥하다. 일전에 거의 매일 야근하던 시절, 시어머니는 "아이고 아가야, 너 힘들어서 어쩌니." 하며 며느리를 위로했다. 며느리는 웃으며 "뭐 어쩔 수 없죠. 정 힘들면 직장 그만두고 아범한테 돈 벌라고 하면 되죠."라고 대답했다. 그 순간, 정색하며 한마디 하는 시어머니.

"일 계속해라. 너 그만두면 우리 '아들' 힘들다."

#2.

후배를 트레이닝 하며 잘못을 나무라고 있는 프리셉터. 후배가 이러저러한 이유를 대자 한마디 한다.

"너는 말투가 왜 그 모양이니? 그리고 일도 못하는 주제에 내가 물어보는 것마다 꼬박꼬박 말대꾸하더라. 너희 부모님이 그렇게 가르쳤니?"

> 인간의 마음은 말에 나타나고 말에 정이 없으면
> 남을 감동시키거나 바꿀 수 없다. 사람은 마음이
> 오고 간 후에 이론과 논리가 더해질 뿐이다.
> 우리는 어떤 사람이 말을 잘하거나 논리적이라고
> 존경하지 않는다. 그에게 진정성이 보일 때, 그의 생각과
> 뜻이 달라도 존중을 하게 된다. 말은 그 사람의 마음이
> 내보내는 냄새다. 마음의 냄새가 향기인지 악취인지는
> 표현하는 언어를 통해 알게 된다. 행운도 행복도
> 좋은 향을 따라 다닌다.
>
> - 김승호, 『돈의 속성』 중에서

한때 말 잘하는 사람이 부러웠다.

자신의 생각을 논리적으로 줄줄 꿰어내는 이들을 보면 감탄이 절로 나왔다. 언쟁을 벌이는 상황이 되면 머릿속은 하얘지고 가슴은 두근거렸다. 상대의 말폭탄으로 인한 상처, 패배감, 언변의 부족함은 나를 침체시켰다.

감정을 다치고 나면 그 사람과 다시 마주하고 싶지 않다. 언쟁에서 이긴 상대는 승리감에 도취되어 우쭐대지만 결론적으로 그는 사람을 잃게 된다. 우주와도 견줄 수 있는 한 사람, 그 무한함을 스스로 걷어찼으니 말이다.

> 종종 가슴에 손을 얹고 돌아볼 필요가 있다.
> 내 말과 글과 숨결이 지나간 흔적을 그리고
> 솔직함과 무례함을 구분하지 못한 채 사는 건 아닌지를.
>
> - 이기주, 『말의 품격』 중에서

경비원들을 대상으로 심한 욕설, 폭행, 모욕을 가했다는 기사는 끊이지 않고 보도된다. 말을 아끼지 않는 모습은 서비스를 제공받는 곳에서 두드러진다. 혹시 주변에 사회적 약자들에게는 함부로 하면서 당신에게는 잘하는 사람이 있는가? 언젠가 그 대상이 당신으로 바뀔 수 있다. 그를 멀리하라. 식당 종업원을 함부로 대하는 사람을 비즈니스 파트너로 삼지 말라는 '웨이터의 법칙'을 명심하라.

철학자 최진석의 『생각하는 힘, 노자 인문학』에 '어떤 사람을 성인(聖人)이라 할 수 있을까'라는 주제로 지인들과 이야기를 나눈 내용이 나온다. 최진석은 '하고 싶은 말을 참고 안

할 수 있는 사람이 성인'이라고 답했다. 또『논어』를 인용하여 '길가에서 들은 소문들을 여기저기 옮기고 다니는 것은 덕이 없기 때문'이라고 덧붙였다.

우리가 하고 싶은 이야기는 대개 누군가의 험담, 약점 파헤치기 등 부정적인 경우가 많다. 말은 쉽게 내뱉을 수 있기에 참고 마음에 묻어두기 어렵다. 이토록 쉬운 일을 의지적으로 참아내야 하니 성인의 조건에 합당하다.

좋은 말도 세 번 이상 듣는 것은 지겹다. 명절에 친척들이 모여 덕담 삼아 해주는 말들이 상처가 되면서 사회적으로 명절 기피 현상까지 생겼다. 감정을 건드리는 말은 삼가야 한다. 특히 상대의 약점을 꼬집는 발언은 피해야 한다. '너를 생각해서 하는 말'이라는 건 오만함이다. 솔직함을 가장한 직설은 상처를 주는 행위이자 나만의 속 시원함에 지나지 않는다. 상대가 원치 않는 솔직함은 무례다. 말은 내뱉기는 쉬우나 한번 내뱉으면 되돌릴 수 없고 그로 인한 상처는 아물기 어렵다. 따라서 신중해야 한다. 나의 말은 나에게 되돌아오고 온 우주는 연결되어 있음을 기억하자.

천상의 이미지를 지상에 안착시키는 작업, 은유

"엄마, 비가 열매 맺었네."

"비가 열매를?"

"응. 저기 봐봐. 전깃줄."

비 오는 날, 전깃줄에 빗방울이 대롱대롱 맺힌 모습을 보고 "비가 열매 맺었네."라고 말하는 딸아이.

『한국민족문화대백과』에 따르면 표현하고자 하는 대상을 다른 대상에 비겨서 표현하는 수사법을 은유(隱喩, metaphor)라고 한다. 대표적인 표현은 김동명 시인의 시 「내 마음은」에 나오는 '내 마음은 호수요'를 들 수 있다. 아이들은 상상력과 창의력의 집합체로 경직된 어른의 생각을 뛰어넘는다. 딸아이는 식물이 아닌 실재에서 열매를 이끌어냈다. 발상의 전환이다. 은유는 직유와 비슷하면서 다르다. '얼굴이 꽃 같아'

는 직유이며 'A는 B와 같다'로 표현된다. 반면 '그녀는 태양이다'는 은유로 'A는 B다'의 형식을 지니고 경계와 틀을 뛰어넘는다. 평범한 사람들이 떠올릴 수 없는 부분에서 예술가들은 특별함을 도출해낸다. 예술분야에서 창조성은 필수다.

아리스토텔레스는 특별함 즉 창조성의 근원을 은유라고 했으며 훌륭한 은유일수록 A와 B가 멀리 떨어져 있다고 말했다. 정재승의 『열두 발자국』에는 은유가 뇌에 어떤 영향을 미치는지 잘 설명되어 있다.

굉장히 멀리 떨어져 있는 것을 서로 연결하는 능력,
이것이 실제로 창의적인 사람의 뇌에서 공통적으로
보이는 현상이다. 창의적인 아이디어가 만들어지는 순간
평소 신경 신호를 주고받지 않던, 굉장히 멀리
떨어져 있는 뇌의 영역들이 서로 신호를 주고받는 현상이
벌어진다. 전두엽과 후두엽이, 측두엽과 두정엽이
서로 신호를 주고받으면서 함께 정보를 처리할 때
창의적인 아이디어들이 나온다.
창의성은 뇌 전체를 두루 사용해야
만들어지는 능력이다.

사진 Unsplash

Think different!

'다르게 생각하라'는 광고와 해당 상품은 세계를 휩쓸었다. 스티브 잡스는 '제품을 탄생시키는 건 기술이지만, 사람들이 제품을 사랑하게끔 만드는 것은 인문학'이라고 했다. 관련이 없어 보이는 기술과 인문학을 연결시키고 '기술과 인문학의 교차점'에서 제품을 탄생시킨 스티브 잡스의 원동력은 창의성이다. 창의성은 기술 분야뿐 아니라 사람의 마음을 움직여야 하는 모든 분야에 필수적이다.

그렇다면 왜 창의성과 인문학을 같이 말하는 것일까? 창의성은 정재승의 표현처럼 '굉장히 멀리 떨어져 있는 것을 서로 연결'함으로써 나타나며 이는 평소의 자신의 틀을 깨는 것에서 생성된다. 예측하지 못하고 상상하지 못했던 생각을 내 안에 있는 것만으로 제조하기는 어렵다. 외부에서 오는 재료들과 내 안에 있는 것들이 만나고, 깨지고, 추가되면서 창의성이 형성된다.

이러한 훈련의 가장 좋은 방법은 인문학을 통하는 것이다. 모든 현상을 직접 마주할 수 없기에 인문학을 통해 과거를 보고 현재와 미래를 유추하고 고민과 공감과 다르게 보기 등을 연습하는 것이다. 미지의 분야들을 돌파하는데 인문학의 힘을 빌리는 건 뉴턴의 명언처럼 '거인의 어깨 위에 앉았기 때문에 더 멀리 내다볼 수' 있는 지혜다.

언컨택트 시대의 확장과 더불어 전문지식의 봉인이 해제되고 있다. 순수한 전공이 아닌 다른 분야와 융합 및 통섭이 중요해졌다. 자율주행 자동차가 자동차산업과 IT산업의 경계를 모호하게 만든 것처럼 말이다. 수명연장과 AI로 인해 한 가지 직업으로 정년까지 가는 시대는 사라지고 평생 여러 개의 직업을 가질 것이라는 전망은 이미 오래전에 나왔다. 변화된 시대를 살아가기 위해서는 직업보다는 자신만의 '콘텐츠'가 필요하다. 직업이 바뀌더라도 나의 콘텐츠가 있다면 이를 활용하여 타 분야와 융합이 가능하며 또 다른 무언가를 만들 수 있기 때문이다. 이때도 창의성은 필요조건으로 대두된다.

사랑은 메타포와 더불어 시작한다.
달리 말하면 사랑은 어떤 여자가 그녀의 첫마디로
우리들의 시적 기억 속에 자신을 아로새기는 순간 싹튼다.

- 밀란 쿤데라, 『참을 수 없는 존재의 가벼움』 중에서

사랑이라는 추상적인 개념이 현실과 맞닿기 위해서는 시간과 공간 속에 형상화시키는 작업이 필요하다. 사람들은

사랑을 붙잡을 수 없기에 만질 수 있고 느낄 수 있고 현실화시키기 원한다. 천상의 이미지를 지상에 안착시키는 과정이 은유다. 사랑은 둘 사이의 시간과 공간에 아로새기는 과정인 은유와 더불어 시작된다. 은유를 통과하여 바라보는 세상은 이전의 세상과 다르다. 사랑의 시선이기 때문이다.

간질로 실려와 긴장하고 두려워하는 환자에게 지금 '뇌가 놀라서 딸국질' 하는 거라며 안심시켜주는 신경과 의사 선생님, 마음과 생각은 연결되어 있음을 '뇌(腦)는 마음의 위(胃)'라고 명명하신 장석주님의 글귀, 바람이 세차게 부는 날 입을 크게 벌리고 "바람을 마시고 있어. 투명한 맛이야."라고 말하는 딸과의 대화. 이 모든 은유들이 나를 통과하면서 눈빛을 새롭게 하고 사랑으로 차오르게 한다. 당신의 자리에서, 당신의 일에 인문학을 옷 입히고 접목하고 사랑하라. 그것이 바로 은유의 시작이며 창의성의 시작이다.

괜찮아지는 나를
증명하는 방법, 적응

적응(適應) :

1. 일정한 조건이나 환경 따위에 맞추어 응하거나 알맞게 됨.

2. 생물이 주위 환경에 적합하도록 형태적·생리학적으로 변화함 또는 그런 과정.

3. 주위 환경과 생활이 조화를 이룸 또는 그런 상태.

환경을 변화시켜 적응하는 경우와 스스로를 변화시켜 적응하는 경우가 있다.

-『표준국어대사전』

환경이 변함에 따라 유기체는 변화된 조건에 적응해야 한다. 살아남기 위해서다. 유발 하라리는 현생 인류가 다른 원시인들을 도태시키고 살아남을 수 있었던 건 '동일화'라고 봤다. 소속감을 이루고 집단을 만드는 능력이 여타 종족, 동물보다 뛰어났기 때문이다. 동일화 즉 적응은 생존본능이다. 과거부터 지금까지 살아남은 생명체는 자연에 적응하여 자손을 남겼다. 대를 이어가며 자손을 남긴다는 건 영원히 이어감을 뜻한다. 영속성은 생명체만이 아니라 사회조직도 해당된다. 기업인들은 자신의 기업이 영원하길 바라며 시장에서 살아남기 위해 노력한다.

세상은 불안정하다. 혼돈의 세상을 살아가기 위해서는 나에게 닥친 문제를 직면하고 발전해야 한다. 엄마의 치맛자락 뒤로 숨어서는 안 된다. 문제에 맞서지 못하는 이들은 변명과 불평이 많다. 주변 사람들이 몇 번은 이해할 수 있으나 반복되면 기피한다. 불만만 쏟아내고 자기방어만 하는 사람은 환영받지 못한다. 자신의 두 다리로 일어나 스스로 적응해야 한다.

현실을 둘러보면 만족감보다 불만을 표출하는 경우가 많다. 세상이 썩었다며 분풀이 대상을 찾아내 심판하는 악성 댓글이 온라인상에 즐비하다. 불만스럽고 뒤집어야 한다면 오히려 치열하게 현장에 참여해야 한다. 그 체제에 적응하고 인정받는 실력자가 되어야 한다. 사전에서도 '적응'에 대한 뜻풀이를 '주위 환경과 생활이 조화를 이룸 또는 그런 상태', '환경을 변화시켜 적응하는 경우와 스스로를 변화시켜 적응하는 경우'라고 알려준다. 실력과 성실함, 인품을 겸비해야 의견이 반영되며 기존의 불합리함을 개선할 수 있다.

> 적어도 어느 한 시스템을 탈출하거나 해체할
> 의사 내지 능력이 없다면 그 시스템 안에 적응하여
> 우선 인정받은 후에 그 모든 것을 초월하는 능력을
> 보여주어야 한다. 그래야 시스템에 대한 진정한 이해와
> 개혁도 가능하다는 것이 그때나 지금이나
> 나의 기본적인 생각이다. 한 사회나 제도의 진정한
> 건강성 확보는 그 사회를, 그 제도를 가장 잘 아는
> 이들에 의해 이루어질 때 가능하다.
>
> - 박지영, 『피아노 치는 변호사』 중에서

김연아 선수는 과거 예능방송에서 한 번도 야식을 먹어 본 적이 없다고 밝혀 놀라움을 안겼다. 아침은 한식, 점심에는 샐러드, 저녁에는 시리얼이나 과일을 먹는 것으로 알려졌다. 그녀는 치열한 연습과 식단 관리, 자기와의 싸움으로 국제 대회 데뷔 이후 모든 대회에서 입상하는 올포디움(all podium)을 이뤄냈다. 또한 2009년 LA 세계 선수권에서 총점

207.71로 세계 신기록을 경신하며 여자 싱글 역사상 최초로 합계 200점을 넘은 여자 선수로 등극했으며 세계신기록만 11회 경신했다. 피겨스케이팅의 변방이었던 우리나라는 피겨여왕을 탄생시킨 나라로 급부상했다. 그녀는 피겨스케이팅이 우리에게 불리하다는 불만과 변명 대신 실력으로 세계를 평정했다.

어느 조직이든 기존의 체제에 대해 불만만 가득한 이들이 있다. 개선을 위해 노력하거나 대안을 제시하지는 않으면서 지적만 한다. 따라서 그의 말은 수용되기 어렵다. 부조리한 부분을 지적하기 이전에 실력과 능력으로 인정을 받은 후 의견을 제시해야 받아들일 만한 토양이 만들어지는데 불만만 표출하면 구성원들에게 반감만 살 뿐이다. 우리 모두가 김연아가 될 수는 없지만 오늘보다 발전한 내일의 내가 되는 건 가능하다. 오늘의 결정이 내일의 나를 만들어가기 때문이다.

패배의식과 불만에 사로잡힌 나를 증명하는 삶을 살 것인가 아니면 오늘보다 조금 나아진 내일을 살 것인가? 한두 개만이라도 나은 선택을 하자. 불만 대신 적응과 직면, 나아짐과 빼어남을 선택하자. 지금까지 버텨온 모든 생물체는 기존의 환경에 대해 적응과 동일화의 결과였음을 기억하자. 괜찮아지는 나를 증명하고 성장하는 오늘이 되자. 그 시작은 적응이다!

물리(物理),
만물의 이치

익숙했던 것들이 낯설게 혹은 다른 의미로 다가오는 순간이 있다. 기존에 생각했던 것들과 대치되거나 본질을 깨달았을 때다. 얼마 전 그런 경험을 했다. 물리학자 리처드 파인만에 대해 검색하던 중 누군가의 서평에서 '물리, 만물의 이치'라는 글귀를 마주한 순간이었다.

'물리'는 우리가 학교에서 수업받던 '物理'를 말한다. 만물 물(物), 다스릴 리(理). 한자 그대로인 '만물의 이치'라는 풀이가 생소하게 다가오고 머릿속에서 맴돌았다. 오랫동안 익숙하게 사용했던 단어가 이전에는 별 의미 없었으나 그날에서야 비로소 새롭게 다가온 이유는 그동안의 공부가 물리 자체가 아닌 법칙·원리·실험 등에 치우쳤고 본질이 아닌 파생된 지식 습득에 몰두했던 까닭임을 깨닫게 됐다.

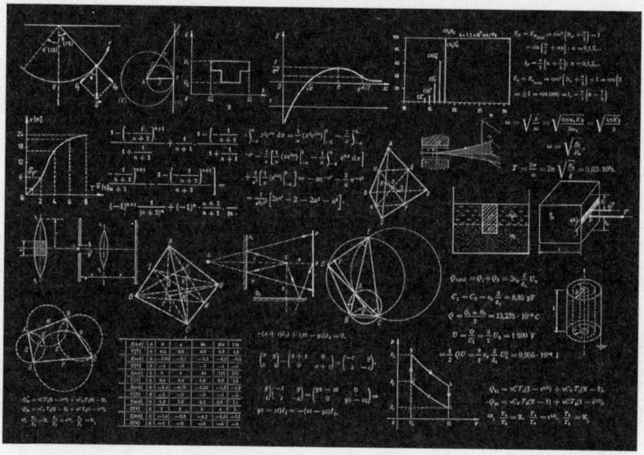

사진 Unsplash

물리는 만물의 이치에 대한 학문이기에 본질을 추구한다. 세상이 돌아가는 원리를 증명하는 과정에서 가설 설정·실험 시행 및 수많은 이론과 가설, 법칙들이 탄생한다. 물리를 접하면서 '왜'를 알지 못한 채 이론과 법칙에 압도됐다. 달을 보지 않고 달을 가리키는 손가락에 주목하여 몇 번째 손가락인지 손가락의 모양이 어떤지에 집중했다. 어느 분야든 본질은 단순하다. 하지만 본질에 먼저 접근하지 않았기에 물리는 이해불가의 머리 아픈 과목이 됐다.

인수분해를 풀 수 있지만 원리는 모르는 상태. 나의 공부가 대부분 그랬다. 책을 읽어도 본질에 대한 고민이 아닌 멋있는 글귀나 새롭게 알게 된 지식 즉 뭔가 아는 척할 수 있는 것에 만족하며 기쁨을 느꼈다. 공부가 무르익지 않으니 어느 순간 좌절감이 왔다. 깊은 바다에 들어가지 못하고 바다와 모래사장의 경계에 머무르는 시간이 오래도록 이어졌다. 답답하지만 헛되지 않았다. 알면서 얻게 되는 즐거움을 누렸기 때문이다.

깊은 바다로 들어가기 위해서는 반드시 물에 들어가야 한다. 전체는 부분의 합보다 크지만 부분이 없이는 존재할 수 없다. 부분을 알게 되면 이전에 보이지 않던 것들이 보이게 된다. 부분은 발을 담그며 찰싹거리는 파도를 느끼는 즐거움이다. 하지만 바다 깊은 곳에 있는 풍경과 즐거움을 맛본 이들은 발만 담그는 정도에 만족하지 못한다. 깊이 들어갔을 때 만나는 큰 기쁨을 알기 때문이다.

본질과 이치를 알아야 하는 이유는 간단하다. 인간과 우주, 세포 하나에서 사람으로까지 확장되는 근본이 되기 때문이다. 세상을 알면 관심이 생기고 예전과는 다른 시선으로 바라보며 이해하는 힘이 생긴다. 그 힘이 공부다. 이런 관계에 대한 이해 없이 공부를 하면 바닷가에서만 머무르는 시간이 오래된다. 언젠가 『논어』를 읽고 발표한 적이 있다. 나의 『논어』 읽기는 "사야! 너는 내가 많이 배워서 그것들을 기억하는 이라고 생각하느냐? 나는 오직 하나로써 모든 것을 꿰뚫고 있을 뿐이다."(『논어』 15-2 「위령공」 중에서)라는 구절로 정리가 됐다.

공자의 '하나'는 '인'(仁)이었고 나의 '하나'는 '사랑'이었다. 공자는 '인'을 사람됨의 본질로 봤고 열심히 공부하고 마음을 갈고 닦아야 드러낼 수 있다고 했다. 인성을 고양시키기 위해서는 가슴을 키우고 따뜻해야 한다는 나름의 결론을 찾았고 공부하는 이유가 가슴을 따뜻하고 넓게 하기 위함으로 정리할 수 있었다. 사람마다 그 '하나'는 다르며 오랜 시간 찾아 헤맨다. 시도조차 안 하는 이들도 있고 찾았음에도 이게 맞나 하는 의구심에 주변을 기웃거리기도 한다.

과정은 소중하다. 오랜 시간 걸려 찾은 삶의 방향과 가치는 나로 시작해 세상으로 뻗어가는 만물의 이치, 즉 물리와도 통함을 깨달았다. 나의 성장이 다른 사람과 불교의 인드라의 그물처럼 서로 연결되어 있음도 아울러 알게 됐다.

존재의 떨림은 서로의 울림이 된다.

- 김상욱, 『떨림과 울림』 중에서

명확히 정의하지 못하는 내 안의 상태를 대신 말해주는 마음 통하는 구절을 만났다. 글이 나를 알아보고 내가 글을 알아보는 기쁨은 대상만 바뀔 뿐 모든 영역에 적용 가능하다. 나를 통해 이루어지는 간호가 나의 기쁨이 되고 받는 이에게 기쁨이 되는지 되돌아본다. 만물의 이치는 두루 통한다.

부록

간호사·간호·감염병·사회

우리나라 근대간호의 시작

조선시대 편찬된『내훈』과『계녀서』,『규합총서』등을 보면 여성은 가족의 건강을 담당하고 청결, 위생, 식습관, 태교, 처치에 이르기까지 광범위한 돌봄 제공자였음을 알 수 있다.(이윤주 연세대학교 석사학위논문, 2000년,「우리나라 근대간호의 도입과 정착」 8-10p) 인류 시작과 더불어 아기의 최초 돌봄 제공자는 엄마였다. 뱃속에서뿐 아니라 출생 후 성장을 위한 돌봄 역시 엄마가 책임졌다. 씻기, 먹기, 입기, 잠자기 등의 기본 일상생활은 대부분 가정 안에서 이루어졌고 가사의 중심이었던 여성들은 자연스럽게 돌봄과 간호의 역할을 맡게 됐다.

제생원(濟生院)은 조선 태조시기 백성들의 질병 치료를 위한 의료기관으로 의학교육, 편찬사업뿐 아니라 여성 의료인력을 별도로 양성했다. 남녀가 유별한 윤리관 때문이었다. 여성들은 남성 의원에게 몸을 보이는 걸 꺼렸기에 질병이 있어도 진료가 어려웠다. 이 때문에 국가 차원에서 의녀라는 여성 의료인 양성 제도를 운용했다. 의녀로 선발된 인력은 관비 출신의 어린 여자아이였다.

『위키백과』에 따르면 관비(官婢)는 '조선왕조 당시 관아 등에서 고을 수령들의 숙식을 책임졌던 여자 노비'를 말한다. 의녀는 국가 소속이었기에 관리·감독이 수월했다. 채용과 발령은 필요 시 나라에서 시행했으며 남녀가 유별한 시대였지만 노비였기에 남성에게 교육받을 수 있었다. 당시에는 노비에게 글을 가르치지 않았기에 먼저 문자 교육을 시행하여 한문으로 된 의서를 배우도록 했고, 그 후에 의료 활동을 체계적으로 교육시켰다.

의녀 제도는 국가 주도하에 조직적으로 여성 전문 의료 인력을 양성한 역사적인 첫 시도이며 국가 차원의 교육과 활동이 이루어졌다는 점에서 의미가 크지만 근대 간호로 계승되지는 못했다.

역사를 거슬러 올라가 보면 전통적인 한방이나 민간요법에 의존하던 조선에 서양 의료와 근대 간호가 도입된 건 병자수호조약(1876년) 이후였다. 1884년 정변 중에 상처를 크게 입은 민영익을 미국 의사인 알렌(Allen)이 완치시킨 것을 계기로 서양의학의 위상이 높아지고 1885년 한국 최초의 근대적 서양 의료기관인 광혜원의 설치로 이어진다(광혜원은 이

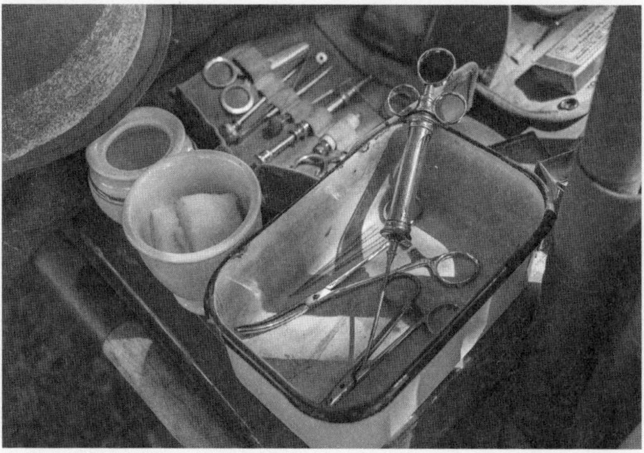

사진 Unsplash

후 제중원으로 명칭이 변경된다). 알렌은 여성 의료 인력의 필요성을 파악하고 의녀 제도를 계승, 기녀 다섯 명을 선발하여 최초로 서양 의술과 간호학 교육을 시켰으나 실패했다.

초기 우리나라의 의료와 간호는 서양인들의 의료선교사업에 의해 발전했다. 서양인 선교 간호부는 병원 간호뿐 아니라 콜레라 유행 시 콜레라 확산 방지 활동, 간호 사업의 내용과 체제 확립, 일반인 대상 보건교육, 현대적 간호교육의 기초를 마련했다. 공식적인 간호교육 및 전문직으로서 간호직 등장 계기 마련, 조직적 간호 사업의 시작과 간호 교육기관의 설립 및 최초 간호사회 조직이 모두 선교사들에 의해 이루어졌다.

한국 최초의 서양식 간호사 양성소는 보구여관이며 1903년, 근대적 서양 의료기관의 운영에 따른 간호 인력 양성을 위해 간호사 에드먼즈(Margaret Edmunds)에 의해 설립됐다. 훗날 보구여관은 동대문병원으로 옮겼다가 이화여대 의과대학병원으로 이어졌다. 보구여관은 민간 차원의 돌봄을 공식적 간호교육으로 전환한 계기였고 여성의 사회 진출과 전문적 간호의 등장을 알리는 시작이었다.

이윤주는 「우리나라 근대간호의 도입과 정착」이란 논문

에서 '과거 간호의 역사를 돌아보는 것은 오늘날 보건의료인의 많은 비율을 차지하는 간호사들이 자신의 위치에서 사회가 기대하고 요구하는 간호 기능을 충족시킬 뿐만 아니라 개인적으로나 전문인으로서의 성취감을 느끼며 자부심을 갖고 더욱 당당하게 일할 수 있고, 전문인으로서의 주체성을 가지는데 필수적인 것'(위 논문 1p)이기 때문에 간호의 역사를 되짚어봐야 한다고 제시했다.

어느 분야든 마찬가지지만 한 시대의 간호는 정치, 경제, 종교, 법률, 경제체계, 도덕관 등의 전체적인 사회문화와 같이 변화된다. 따라서 역사와 시대 속에서 맥락을 살펴야 한다. 우리나라의 근대 간호는 우리 스스로의 힘이 아닌 서양 선교사업과 일본 식민정책 아래 추진되었기에 주체성은 떨어질 수밖에 없었다. 하지만 제대로 된 이름조차 없이 모든 교육에서 철저히 배제됐던 여성들에게 정체성을 만들어주고 체계적인 교육을 거쳐 전문직을 갖도록 해준 계기가 됐다는 큰 의미를 가진다.

대한간호협회의 창시자 간호선교사 서서평

우리나라의 의료와 간호는 서양인들의 의료선교사업에 의해 발전했다. 여러 의료 간호사 중 서서평 간호사에 대해 소개한다. 백춘성의 『조선의 작은 예수 서서평』에는 의료선교사로 조선에서 평생을 살아간 서서평(E. J. Shepping, 1880-1934) 간호사의 일대기가 잘 소개돼 있다. 홍현정 감독의 다큐멘터리 영화『서서평, 천천히 평온하게』는 평생을 '조선의 가난과 아픔을 등에 업고 살다 간 푸른 눈의 여인' 서서평의 이야기로 잔잔한 울림을 일으켰다.

그녀의 본명은 엘리자베스 쉐핑(Elisabeth Johanna Shepping)이며 서서평(徐舒平)은 쉐핑을 음역한 것이다. 평소 성격이 급했던 그녀는 '천천히 평온하게' 주님과 함께 살고 싶어 한국 이름을 '서서평'이라 지었다. 독일계 미국인으로 세 살 때 어머니가 미국으로 홀로 이민을 떠나 조부모 밑에서 성장했다. 미국에서 성장하며 간호사가 되었고, 의료진이 필요하다는 소식을 듣고 1912년 미국 남장로교 해외선교부 모집

사진 서서평을 소재로 한 영화포스터

에 지원하여 간호선교사로 파송되었다.

당시 조선은 가난과 전염병이 만연했다. 미혼의 서서평은 서른두 살 때였던 1912년에 조선에 들어왔다. 1934년 쉰네 살로 소천하기까지 전라도 광주를 중심으로 광주선교부 제중원 간호사로서 병원과 주일학교를 아우르며 가난하고 병약한 사람들 즉 미혼모, 고아, 한센인, 노숙인 등을 보살폈다. 광주 제중원(현 광주기독병원)과 군산 예수병원 선교부, 서울 세브란스 간호사 양성소 교사까지 두루 거쳤다. 그녀는 온전히 조선인이 되고자 했다. 조선인들처럼 보리밥에 된장국을 먹고, 남자 검정 고무신에 무명으로 지은 한복을 입었다. 조선 사람보다 더 조선을 사랑했다.

그 시절 약 2만여 명의 한센병 환자들이 있었는데, 버림받은 이들을 보살핀 이는 서서평과 동료 선교사인 포사잇 윌슨뿐이었다. 그녀는 한센병을 전염병으로 여기고 말살정책을 펴는 일본 총독부에 대항해 전국의 한센병 환자들과 함께 행진에 나섰다. 이 덕분에 소록도에 한센병 치료 병원과 요양 시설이 만들어졌다.

서서평은 자신을 조선의 간호사라 여겼다

조선은 여성을 천시하는 유교 사회였다. 서서평이 1921

년 미국 내슈빌 선교부에 보낸 편지에는 "500명이 넘는 한국 여성을 만났지만 큰년, 작은년, 개똥이 어멈 등으로 부르며 본인의 이름이 있는 여성은 열 명도 되지 않았습니다."라고 적었다. 남성에 종속된 여성이었기에 제대로 된 이름조차 갖지 못하던 때였다.

서서평은 집 안에 갇혀 외출도 못 하고 경제력은커녕 이름도 없이 살아가는 조선 여성들이 안타까웠다. 그녀들을 돕기 위해서는 교육을 시켜 의식을 먼저 깨워야 했다. 간호사가 되기 위해서는 교육이 필수였다. 조선 여성들은 교육과정을 거치면서 주체적이고 능동적인 인격체로 변화되었다. 조선 여성들에 대한 서서평의 마음은 한일장신대학교의 전신이자 우리나라 최초의 여성 신학교인 이일학교 설립으로 이어졌다.

1923년, 서서평은 조선간호부회를 설립하고 회장을 맡아 간호사 양성과 자립을 도왔다. 이것이 훗날 대한간호협회의 전신이다. 조선 여성들의 자부심을 고취시키기 위해 조선간호부회를 일본과 별도로 세계간호사협회에 등록하려 애썼던 이도 서서평이다. 1929년, 국제간호협회에 가입시켜주겠다는 연락을 받고 국제간호협의회(ICN) 제6차 총회(캐나다 몬트리올)에 우리나라 최초로 이효경, 이금전, 서서평이 대표로 참가했다.

그녀는 한글 말살 정책이 한창이던 일제 치하에서 간호부협회의 소식지와 서적들을 모두 한글로 발간했다. 심지어 한국간호협회 회칙에 '본회에서 사용하는 언어는 한국어에 한함'이라는 규칙까지 만들어 한글을 지켰다. 한글의 존귀성을 인식하고 존중했다. 조선에 대한 그녀의 사랑은 이토록 깊었다.

서서평은 교육자였다

그녀는 학생들을 교육할 때 생명을 다루는 일에 우유부단함이 개입되어서는 안 됨을 강조했다. 매정해 보일 수 있으나 환자의 회복과 상태에 즉각 연결되기 때문이다. 수술 뒤 물을 마시면 죽을 수도 있는 환자에게 원하는 대로 물을 주면 어떻게 되겠는가? 서서평은 이런 예를 들면서 아무 때나 인정을 베풀면 안 된다고 단호하게 교육했다. 또한 직업인으로서뿐 아니라 생활 전반에서도 간호사 의식을 갖도록 교육했다.

질병의 치료를 위해서는 무엇보다 먼저 깨끗해야 한다. 간호사는 청결 문제에 있어서 어떤 직업인보다 예민하고 까다로워야 함을 강조했다. 신발이 더럽거나 옷을 제대로 빨지 않아 지저분한 경우에는 예외 없이 호통을 쳤다.

서서평은 직업의식이 철저했다. 특히 정직을 강조했다. 처치해야 할 시간에 의사가 안 본다고 게으름을 피우거나 책임 회피를 위해 허위로 기록을 남기면 의사가 제대로 치료하고 처방할 수 없다. 이는 오늘날도 동일하다. 처방된 약의 정확한 투여, 정확한 기록, 정확한 확인은 기본이다.

서서평은 조선의 돕는자였다

'Not Success But Service.'(성공이 아니라 섬김이다.)

그녀의 침대 머리맡에 적힌 이 글귀가 그녀의 삶을 대변해준다. 그녀는 평생 독신으로 살면서 기본적인 식사비 외에는 월급의 대부분을 빈민과 병자, 여성을 위해 썼다. 화장품을 산 적도 없고, 질기고 튼튼하다는 이유로 남자 검정 고무신을 고집했다. 14명의 양자를 입양하고, 38명의 과부를 돌보며 가족처럼 품어 같이 지냈다. 고아와 과부를 돌보라는 성경 말씀대로 살았던 그녀는, 결국 영양실조로 세상을 떠났다. 불우한 이웃을 먼저 돌보느라 자신을 돌볼 겨를이 없었던 그녀가 남긴 것은 담요 반 장, 강냉이가루 두 홉, 현금 7전이 전부였다.

거적을 덮고 자는 사람에게 반을 찢어주고 남은 담요 반

장만 덮고 지내다가 떠난 그녀는 자신의 시신마저 의학용으로 기부했다. 장례는 교회장으로 치르려 했으나 유지들의 강력한 주장에 따라 광주 최초의 시민사회장으로 치러졌다. 10일 동안 이어진 장례식 때는 이일학교 학생들이 선두에 서고 1,000여 명이 뒤를 따르며 통곡했다고 한다.

서서평은 기독교 신앙에 따라 먼 이국땅에서 평생을 헌신한 아름다운 삶을 살았다. 식민지 조선에서 환자 간호, 빈민 구제, 문맹 퇴치, 축첩 반대, 공창 제도 폐지뿐 아니라 성경의 출애굽기를 가르치며 독립의 확신을 심어줬다. 완전한 조선 사람이었던 그녀의 묘는 광주광역시 양림동 뒷동산에 있으며 광주 양림동의 골목길에는 그의 이름을 딴 '서서평길'이 있다.

간호사에 대한 이미지

2020년은 우리나라뿐 아니라 전 세계적으로 감염병이 대유행한 코로나19 팬데믹 시기였다. 전 국민이 코로나19에 대응해 현장을 지키는 의료진의 수고로움에 고마움을 표하던 시기이기도 했다. 이런 상황과 맞지 않게 블랙핑크의 「Lovesick Girls」 뮤직비디오는 간호사를 성적 대상화해서 논란이 됐다.(한영혜, 뿔난 보건의료노조 '블랙핑크 뮤비 간호사복, 성적 대상 비하', 중앙일보, 2020.10.05.) 뮤직비디오에서 가수는 밀착되는 간호사 유니폼과 헤어 캡, 빨간 하이힐을 신고 등장한다.

또한 넷플릭스의 상영작인 『새콤달콤』에서 간호사 역을 맡은 여주인공 다솜은 병원 내에서 흡연을 하거나 환자를 '오빠'라 부르기도 하고, 환자와 병실 침대에 같이 누워 있는 등 적절치 못한 장면을 여러 차례 보여주었다.(박선혜, 이번엔 영화서 간호사 이미지 실추 제기…간협 공문 조치, 메디파나뉴스, 2021.06.23) 이처럼 간호사의 이미지를 실추시킨 데 대해 대한간호협회는 해당 매체에 공문을 보내 항의했다. 실제 병원에서는 용납되지 않는 행동일 뿐 아니라 전문성도 크게 떨어지기 때문이다. 또한 전국보건의료산업노동조합(보건의료노조)는 블랙핑크와 소속사에 간호사에 대한 성적 대상화를 멈출 것을 요구했다. 미디어를 통해 반복 재생되면서 간호사의 이미지 왜곡은 더욱 심각해져 간다. 최고의 인기그룹인 블랙핑크였기에 파장은 더욱 컸다.

대한간호협회와 보건복지부가 공동 조사하여 2018년 2월에 발표한 「간호사 인권침해 실태조사」에 따르면 최근 1년 동안 직장에서 성희롱 또는 성폭력을 당했다는 대답은 18.9%였다. 조사기간은 2017년 12월 18일부터 2018년 1월 23일까지, 참여인원은 7,275명이었다.(안창욱, 간호사 10명 중 7명 인권침해 경험, 의료복지뉴스, 2018.02.20.)

4년이 흐른 지금도 간호사들에 대한 성희롱은 현재진행형이다. 간호사는 전문 의료인임에도 대부분 여성이라는 이유로 성적 대상이 되거나 전문성을 의심받는 등 의사의 보조자에 불과하다는 부당한 평가를 받고 있다. 이 때문에 간호사의 이미지 개선을 위한 노력은 끊임없이 진행됐다.

2015년 2월, 병원간호사회 주관으로 '간호사 이미지에 대한 공청회'가 열렸다. 간호사에 대한 이미지 파악과 개선을 위한 대안 모색의 자리였다. 발표자인 중앙대 간호대학

염영희 교수의 조사 결과에 따르면 간호사에 대한 일반인들의 인식은 '책임감은 있지만 약하며 순종적이고 전문직 이미지는 부족한' 것으로 나타났다. 당시 미디어에서 간호사가 보조적이거나 주변인 역할, 성적인 대상으로 묘사되는 비율이 높았고 그로 인해 일반인들의 이미지 형성에 영향을 미친 것으로 분석됐다. 조사에 따르면 2000~2013년 동안 방영된 총 16개의 드라마에서 간호사는 93.8%가 보조인물 혹은 주변 역할로 묘사됐고 전문직으로 나온 경우는 25%에 불과했다.(박선혜, 이번엔 영화서 간호사 이미지 실추 제기…간협 공문 조치, 메디파나뉴스, 2021.06.23.)

대중매체에서 그려지는 이미지는 간호사에 대한 인식에 깊은 영향을 준다. 코로나19 이후 사회적으로 '덕분입니다' 캠페인이 확산되면서 간호사에 대한 고마움을 알렸지만 현실에서는 아직도 간호사를 '아가씨', '저기요', '아줌마', '야'라고 부르거나 반말을 하는 경우가 많다. 미디어에서 만들어진 이미지는 바꾸기 어렵다. 미디어를 통해 간호사에 대한 부정적 이미지를 갖게 된 환자를 현장에서 만나게 되면 처음부터 관계 형성이 쉽지 않다. 간호사를 전문인이 아닌 성적 대상으로 바라보기에 신뢰 있는 관계 형성 자체가 어렵고 치료 과정도 순탄치 않다. 간호사뿐 아니라 치료를 받는 환자를 위해서도 간호사의 전문성과 역할의 중요성에 대한 지속적인 홍보와 모니터링이 필요하다.

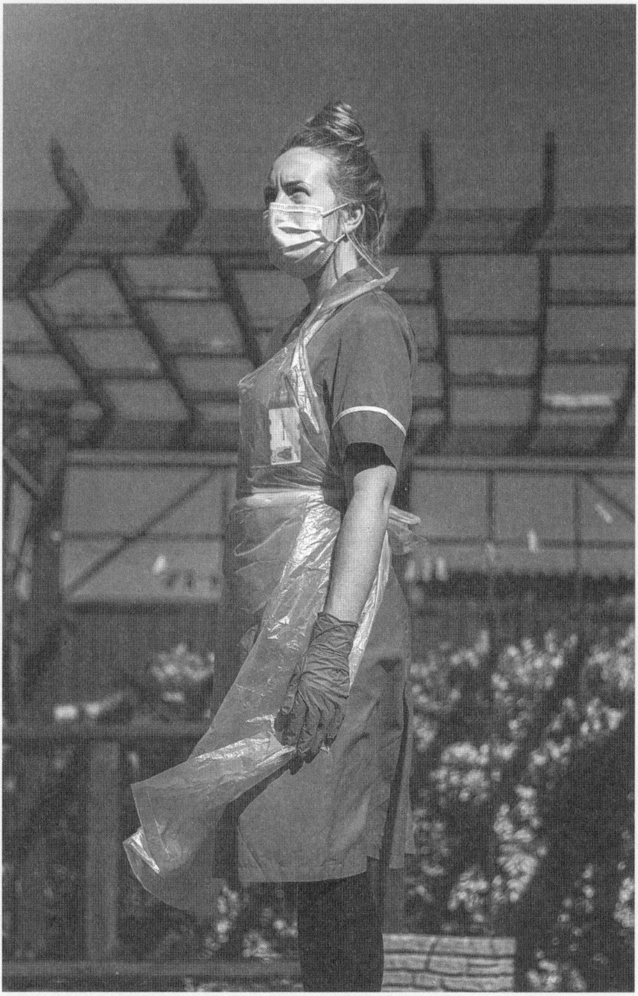

사진 Unsplash

팬데믹이 야기한 변화

코로나19가 전 세계를 강타한 후 뉴스에서 '팬데믹'(pandemic)이라는 용어를 자주 접하게 됐다. 네이버 『시사상식사전』에 따르면 팬데믹은 '세계보건기구(WHO)가 선포하는 감염병 최고 경고 등급으로, 세계적으로 감염병이 대유행하는 상태'를 일컫는다. 우리말로는 '(감염병의) 세계적 유행'이다. WHO의 팬데믹 선포 사례는 세 번이었는데 1968년 홍콩 독감, 2009년 신종플루 그리고 2020년의 코로나19다.

코로나19는 사회 곳곳을 변화시켰고 지금도 변화시키고 있다. 대표적인 것은 디지털화의 가속화다. 역사적으로 보면 기술은 삶을 편안하게 변화시키는 동시에 경제적 양극화, 고용불안, 인간 소외 문제도 일으킨다. 허태욱 교수의 「디지털과 그린의 공존 : 지속가능발전을 향하여」에 따르면 지금 'VUCA'시대가 가속화되고 있다.(허태욱, 「디지털과 그린의 공존 : 지속가능발전을 향하여」, 월간 중심사회, 2021.08월호 22p.) 즉 '변동성(Volatility)이 크고 불확실(Uncertainty)하며 복잡성(Complexity)과 모호성(Ambiguity)이 극대화된' 시대다. 각종 신조어도 생성되고 있다. 언택트, 온택트, 뉴노멀 등이 대표적이다.

코로나19는 디지털화라는 역사적인 흐름은 그대로지만 급격한 가속화를 일으켰다. 사회적 거리두기와 더불어 재택근무, 온라인 수업, 원격진료 등이 보편화됐다. 이태수 명예교수는 「팬데믹의 충격파와 시대의 전환」에서 "재택근무의 선택지는 모든 근로자에게 주어지는 것이 아닌, 아직은 오직 소수에게만 해당하는 이야기"라고 꼬집는다. 그리고 "몸을 직접 노동 현장에 투입하여 일을 해야 하는 사회적 약자는 사회적 거리두기를 제대로 지킬 수 없는 공사판, 택배회사의 창고, 콜센터와 같이 밀집된 환경에서 역병의 위험에 무방비로 노출될 수밖에 없다"라고 덧붙인다.(이태수, 「팬데믹의 충격파와 시대의 전환」, 대우재단 간행물, 지식의 지평 제31권, 2021.10월호 5-6p.) 즉 사회적 약자는 방역에서 밀려날 뿐 아니라 비대면 수업에서 사용되는 디지털 장비 마련의 경제적 부담으로 온라인 세계에서 더욱더 소외된다. 그로 인해 코로나19 감염 확률은 높아지고 교육의 문도 좁아진다.

코로나19는 사람 사이의 관계도 바꿨다. 관계는 서로의 거리를 결정한다. 가장 가까운 사이는 45센티미터 이내에 들어오는 관계다. 연인이나 가족 등이다. 의료진은 치료가 필요할 때 그 안으로 들어갈 수 있는 존재다. 하지만 확진자가 되는 순간부터 거리의 관계는 깨진다. 확진자와 밀접 접촉을 했다면 격리로 이어진다. 일상에서는 마스크로 무장한 채 서로를 마주해야 하고, 확진자를 치료하는 의료진은 보호복과 보호장구로 모든 틈을 막아야 한다. 코로나19는 일상뿐 아니라 치료방식과 간호도 변화시켰다.

확진자와 접촉을 최소화하는 것이 감염 확률 감소와 자원관리에도 효율적이다. 격리병실에 한 번 들어갈 때마다 착용해야 하는 보호복과 보호장구는 구비뿐 아니라 폐기에도 많은 비용이 필요하다. 따라서 모든 병원에서는 의료진의 입실을 최소화한다. 중국에서는 이미 코로나19 초기에 방역 로봇 등이 활용됐다.(임지연, 코로나19 감염 걱정 없는 '방역 로봇' 등장, nownews, 2020.03.12.) 격리병동에 입원한 환자들의 식사와 침구류, 약 등은 음식점에서 볼 수 있는 서빙 로봇에 의해 제공되었다. 하지만 우리나라에서는 격리 환자들의 택배 물품 정리가 코로나19와 더불어 간호사의 업무로 추가되었

사진 Unsplash

다. 환자의 사적인 요구를 충족하기 위해 입기만 해도 땀이 줄줄 나고 숨이 차는 보호복을 입어야 했던 것이다.

앞으로 비대면과 무인 시스템은 더욱더 확산될 것이다. 키오스크, 무인카페, 로봇 바리스타 등은 이미 일상에 자리 잡았다. 병원에서도 키오스크로 수납·결제·진료 도착 확인이 진행되며 로봇이 약을 배송하는 곳도 있다. 변화의 속도가 빠를수록 주변을 돌아보는 마음이 필요하다.

지금도 현금지급기 사용이나 인터넷 주문, 키오스크 사용을 어려워하는 노인들이 많다. 때마다 주변에 도움을 구하는 것도 부담이 되기에 위축감이 심해진다. 배달서비스 앱은 거동이 불편한 노인들이 사용하면 편리하지만 사용법을 몰라 힘든 몸을 이끌고 오프라인 매장을 찾는다. 병원에서는 키오스크를 이용한 진료 도착 확인을 못해 긴 시간 하염없이 기다리는 분들도 있고 웹으로 작성해야 하는 문진표 등을 작성하지 못하는 경우도 많다. 인력 활용과 비대면 시스템을 위해 키오스크를 구비했지만 사용을 못 하는 이들이 많아 기기마다 안내직원이 배치된 경우도 있다.

의료장비, 검체 이송 및 검사, 환자교육 매체 등도 디지털화되어 가고 있다. 분명 신속하고 편리한 부분이 있지만, 이

흐름을 따라가지 못하는 이들을 위해 어떤 부분을 보완해야 할지 생각해봐야 한다. 변화의 변방에 있는 이들을 돌아보고 문제를 해결하기 위한 노력은 의료분야와 일상 전반뿐 아니라 진정한 포스트 코로나 시대를 살아가기 위해 필요한 부분이다.

간호사의 취업률이 높은 이유는 이직률이 높기 때문이다

2021년 6월 삼성서울병원은 '간호사 유연근무제'를 도입했다. 간호사가 네 가지 근무형태 중 하나를 매월 자율적으로 선택하는 제도다. 생체리듬이 깨지고 만성적인 피로를 일으켜 정상적인 생활의 지속이 어렵게 만드는 3교대 근무제는 간호사의 업무를 가중시킬 뿐 아니라 퇴직의 큰 원인이다.

2021년 8월 『청년의사』에는 2021년 전국보건의료산업노동조합 조합원을 대상으로 한 실태조사 결과가 실렸다. 이에 따르면 3교대 간호사의 인력수준·안전보건·일-생활 균형·업무량 및 노동 강도 만족도는 다른 근무 형태 대비 최저 수준으로 나타났다. 특히 일-생활 균형 만족도는 평균 46.1%보다 낮은 41%로 나와 통상 근무자와 야간근무 전담자의 60% 이상과 상당한 차이를 보였다. 심각한 번아웃은 3교대 간호사의 이직에 큰 영향을 미치고 있다. 이와 같은 낮은 만족도로 인해 다섯 명 중 네 명은 이직을 고려하고 있는 것으로 조사됐다.(김은영, 간호사 '3교대' 근무환경 만족도 최악…만

사진 Unsplash

성 '번 아웃' 시달려, 청년의사, 2021.08.10.)

3교대는 낮(day), 저녁(evening), 야간(night) 조로 운영된다. 5일간 저녁 근무를 하고 하루 쉰 뒤 낮 근무로 출근하려면 새벽 5시에는 일어나야 한다. 저녁 근무는 보통 오후 3시부터 밤 11시까지다. 정시에 끝나지 못하고 오버타임을 하는 경우가 많으니 퇴근하고 집에 와서 취침하는 시간은 보통 새벽 한두 시. 5일 동안 새벽 취침으로 생체리듬이 바뀐 상태에서 하루 쉬고 새벽 5시에 일어나려면 거의 잠을 자지 못하고 출근하는 셈이다.

피로의 누적은 집중도의 감소를 가져오고 환자 간호의 질도 떨어지게 한다. 신체적 피로감뿐 아니라 근무에서 오는 정신적 피로감은 삶의 질을 저하시킨다. 충분한 휴식 없이 또다시 3교대 근무에 들어가는 악순환이 계속되면서 버틸 때까지 버티던 간호사는 끝내 사직서를 제출하게 된다. 돌봐야 할 자녀들이 있는 경우 어려움은 가중된다.

간호사는 숫자로 해결되지 않는 조직이다. 자리만 지키면 되는 일이 아니기 때문이다. 간호사의 수준과 역량이 바로 환자의 치료와 안전에 직결되므로 간호사의 건강과 안녕은 환자를 위해서라도 제대로 보장되어야 한다. 2018년 기준, 인구 1,000명당 의료기관 활동 간호사 수는 3.5명으로 OECD 평균(7.2명)과 비교하면 절반 수준이다. 2019년 기준 우리나라 간호사 면허 소지자 41만 4,983여 명 중 의료기관에서 활동하는 간호사는 21만 5,293여 명으로 절반 정도에 불과하다.(김상기, 「OECD 보건통계가 보여주는 한국 간호인력 수급 문제점」, 라포르시안, 2021.07.20.) 나머지 절반은 현장을 떠나 장롱면허로 있는 셈이다.

1년 미만 간호사 사직률은 42.7%로 전체 산업 이직률 4.8%보다 9배나 높다. 2020년, 보건의료노조가 의료기관 102곳을 대상으로 실시한 간호사 이직률 조사 결과를 보면 민간 중소병원이 22~43%였다. 일부 공공병원이나 민간 중소병원은 40%가 넘기도 했다.(오민호, '병원간호사 이직률 심각… 일부 병원 이직률 45%', 병원신문, 2021.06.15.) 간호사 배출 규모는 절대적으로 증가했지만 근무환경 개선이 따르지 않아 현장에 남는 간호사는 늘지 않았다. 반면에 환자의 요구는 지속적으로 상승했다. 아울러 대규모 감염병 유행 및 간호간병 통합서비스 시행 등으로 간호사의 수요도 계속 올라가고 있다.

자료를 통해 본 것처럼 간호사의 취업률이 좋은 이유는

이직률이 높기 때문이다. 취업이 잘 된다고 좋아할 일이 아니다. 국민 건강과 생명을 다루는 의료현장에서 간호사의 전문성과 숙련성, 협업은 필수다. 능숙해지기까지 시간과 훈련의 과정이 필요하다. 이직률이 높다는 건 환자 안전과 간호 서비스 질에 경고등이 켜졌음을 의미한다. 간호사가 환자 곁을 떠나지 않도록 처우를 개선하는 것이 중요하다.

삼성서울병원의 간호사 유연근무제 도입은 실질적인 개선 노력의 하나다. 권오정 삼성서울병원 원장은 "중증 환자 비율이 높은 상급종합병원으로서 숙련된 간호사의 건강한 일상은 본인의 행복과 함께 환자 안전, 치료 성과 향상과 직결되기에 근무 형태 개선에 대해 지속적으로 고민했다"라고 간호사 유연근무제 도입에 대해설명했다.(박정연, 삼성서울병원, 간호사 3교대 근무 전격 폐지, 데일리메디, 2021.06.08.) 간호사들의 만족도는 뚜렷하게 상승했다. 가족과 본인의 안정감 및 예측 가능한 일상으로 인한 컨디션 회복은 일에 대한 집중으로 선순환됐다.

2021년 전국보건의료산업노동조합 조사 결과 간호사 업무 자긍심에 대한 긍정적 비율은 80.5%인 반면 장래성 및 비전에 대한 긍정적 비율은 62%로 나왔다.(김은영, 간호사 '3교대' 근무환경 만족도 최악…만성 '번 아웃' 시달려, 청년의사, 2021.08.10.)

환자의 생명을 돌보는 데 대한 자긍심은 높지만 비전은 기대하기 어렵다는 뜻이다. 사명감으로 시작했으나 내 몸과 일상이 망가지기 시작하면 버티기 어렵다. 사명감과 간호에 대한 사랑으로 현장을 지키고 있는 간호사들이 떠나지 않도록 실질적인 대책이 절실하게 필요하다.

진행 중인 감염병,
과거에서 지혜를 찾다

2020년부터 최고의 화두는 코로나19 바이러스다. 전 세계적으로 확산된 바이러스의 공격은 그칠 줄 모르고 있다. 백신 개발로 확산 속도가 잠시 누그러진 듯 보였으나 바이러스는 이내 알파, 베타, 감마, 델타 등 계속해서 모습을 바꾸며 진화하고 있다.

세계적인 감염병은 예전에도 있었다. 콜레라, 스페인독감, 페스트, 지카바이러스 그리고 코로나19에 이르기까지 감염병은 반복됐고 지금도 진행 중이다. 인류는 큰 재앙이나 감염병 등의 유행 시 불안감과 사회적 불만 해소를 위한 대체물을 찾았다. 위기의 실체를 내부에서 찾고 해결한 것이 아니라 중세 시대의 마녀사냥과 십자군 전쟁, 유대인 학살처럼 외부에서 희생물을 찾았다. 나와 내가 소속된 집단의 안녕을 위해서.

감염병으로 인한 두려움과 공포는 어느 시대나 있었다. 과학과 의료가 발달하지 않았던 과거에는 잘못된 원인 분석과 미신적인 치료방법이 만연했다. 이 시점에서 우리에게 필요한 것은 과거를 되짚어보는 지혜다.

한센병(나병)은 나균에 의한 만성 전염성 질환이다. 병의 진행 과정에서 나균은 피부, 말초신경계, 상기도의 점막을 침범하여 조직을 변형시킨다. 사지의 무감각과 근육의 병적인 증상이 나타나며 손가락이 갈퀴처럼 변형되기도 하고 이차 감염 발생 시 손가락과 발가락의 말단 부위가 떨어져 나가기도 한다. 코의 연골이 변형되면 안장코(saddle nose)가 되기도 한다. 병의 진행에 따른 외모의 변형은 충격뿐 아니라 병이 전염될지 모른다는 두려움을 일으켰다. 나병 환자들은 청결하지 못하고 부도덕하며 천벌을 받았다는 누명을 쓴 채 사람들이 던지는 돌을 맞고 마을에서 쫓겨나거나 공공연하게 살해됐다.

페스트라 불리는 흑사병은 페스트균(Yersinia pestis)에 의해 발생하는 급성 열성 감염병이다. 쥐에 기생하는 벼룩이 매개체이며 페스트균을 가지고 있는 벼룩이 사람을 물 때 전파된다. 제니퍼 라이트의 『세계사를 바꾼 전염병 13가지』에 의하면 14세기에 2,000만~5,000만 명, 유럽 인구의 약 30퍼센트가 이 역병으로 죽었다.

당시 중세 유럽인들은 페스트를 고치기 위해 인분 찜질을 했다고 한다. 현대의학이 발달한 지금의 관점에서 볼 때 미개하기 짝이 없는 치료법이지만 당시에는 그게 최선이라 믿었다. 시간이 흐른 후 인간은 페스트균 배양검사를 통해 원인을 진단할 수 있게 됐고 그에 맞는 항생제 투여가 치료법임을 알아냈다.

천명선, 박재현, 강희철의 『재미있는 미생물과 감염병 이야기』에 나오는 글을 잠시 소개한다.

> 페스트 유행 당시 의사들은 감염을 피하기 위해
> 밀랍을 덧바른 외투와 새의 부리처럼 생긴 가면을
> 착용했다. 가면에는 앞을 볼 수 있는 유리 눈이 달렸고,
> 강한 향이 나는 약초를 코 부분에 넣었다.
> 나쁜 공기가 약초를 통과하는 동안 정화되어 기도를
> 보호한다고 믿었기 때문이었다. 또 손에 쥐고 있는
> 지팡이는 감염 예방을 위해 환자를 직접 만지지 않고
> 진찰하는 도구로 사용됐다. 당시 의사들은 달군 쇠로
> 가래톳을 찌르거나 정맥을 째서 피 뽑기,
> 소변으로 목욕시키기 등의 치료법을 썼는데,
> 이는 환자의 상태를 더 악화시켰다.

파올 퓌르스트의 판화 작품(위키백과)

감염병 상황에서 우리가 경계해야 할 것은 질병 자체가 아닌, 병에 걸린 인간을 악으로 낙인찍는 것이다. 『표준국어대사전』에 의하면 '혐오'(嫌惡)는 '싫어하고 미워하는 것'을 뜻한다. 비슷한 단어로는 미움, 증오 등이 있다. 코로나19가 확산되면서 곳곳에서 인종차별과 혐오 사건이 수시로 발생했다. 중국 우한에서 코로나19 바이러스가 시작됐다는 보도가 나간 후 유럽이나 미국 등에서는 중국을 비롯한 아시아인들을 배척했다.

확진자를 사람이 아닌 바이러스 덩어리로 바라보고 마스크 미착용자를 바이러스 전파자로 간주하는 혐오의 시선도 생겼다. 2023년 3월 현재에도 의료기관이나 감염 취약시설, 대중교통 등에서는 마스크를 착용해야만 한다. 미착용자를 향한 사람들의 시선은 두려움과 불쾌함, 증오다.

코로나19의 확산을 막기 위해 정부는 확진자 이동경로 분석에 신용카드 사용 정보와 휴대전화 위치 추적을 가동했고 다중시설 이용 시에는 QR체크 또는 방문자 리스트 작성을 의무화시켰다. 한마디로 온 국민의 동선을 정부에서 파악했다는 이야기다. 동선이 노출되면 마녀사냥이 시작된다. 댓글 부대의 온라인 사냥꾼들은 충실히 그 임무를 수행하여 온라인 단두대에 확진자를 올려놓고야 말았다.

2020년 4월 12일, 박한선 신경인류학자는 YTN과 인터뷰에서 '감염 가능성이 있는 더러운 대상에 대한 역겨움과 같은 혐오 반응은 인간이 가지고 있는, 의식적으로 조절할 수 없는 진화적 본능'이라고 알려주었다. 이어 감염병 유행 시 사람들의 심리 반응을 두려움과 불안, 혐오와 회피반응 그리고 분노와 책임 전가의 희생양 찾기의 단계별로 진행된다고 했다.(박한선, 혐오는 인간의 본능: 감염병과 혐오의 관계, YTN, 2020.04.12.) 역사적으로 인류는 인간의 본능인 혐오를 계속 이어가고 있다. 혐오가 곧 두려움을 막기 위한 방어기제로 작용하기 때문이다.

『헤이트』는 심리학, 법학, 미디어학, 역사학, 철학, 인류학 등 다채로운 분야의 학자들이 '혐오'라는 주제에 초점을 맞춘 발표와 토론을 정리한 책이다. 부제목은 '왜 혐오의 역사는 반복될까'이다. 우리의 정체성을 자신이 속한 집단에 한정하게 되면 내가 속하지 않은 집단에 대한 선입견과 선 긋기 그리고 혐오로 번질 수 있다는 걸 보여준다. 또한 '혐오나 차별은 다른 사람에게 쉽게 전염'이 되며 '혐오와 차별이 방치되면 그것을 당연하게 여기는 사람들이 많아지고, 더 많은 사람들이 동참'하게 된다는 걸 알려준다. 내가 속한 집단이 옳고 타 집단은 그르다는 생각은 순식간에 파급되어 집단 정체성을 만든다.

집단 정체성은 유대감과 공통의 의식을 만들기 때문에 집단 내에 있을 때는 불편함과 차별을 느끼지 못한다. 느끼지 못한다고 없는 건 아니다. 그러기에 생각의 방향을 점검해볼 필요가 있다. 인간만이 유일하게 의도적으로 악을 행할 수 있는 존재이며 조직적으로 이유를 들이대면서 차별하고 혐오할 수 있는 존재이기 때문이다.

지금 필요한 건 치료방법뿐 아니라 편견을 줄이기 위한 노력, 사실과 추측에 대한 분별이다. 과거를 고찰함으로써 감염병 시기를 현명하게 잘 극복할 수 있는 방법을 고민하고 같이 연대해야 한다. 감염자를 사람이 아닌 감염병의 원인 또는 병원체라고 여기는 시각은 첨단 과학의 시대인 지금도 존재한다. 사실에 기반을 둔 정보가 아닌 본인의 생각 또는 떠도는 이야기들이 합쳐지면서 두려움과 공포가 확산된다.

제니퍼 라이트의『세계사를 바꾼 전염병 13가지』를 통해 인류가 가야 할 방향을 찾을 수 있다. 슈트라스부르크 사람들은 병에 걸린 자들을 태워 죽이지 않았고, 추방하지도 않았다. 그들은 친절하고 따뜻했다. 소외받고 천대받던 병자들은 따뜻한 보살핌에 꽁꽁 싸맸던 방어막을 무장해제했고 점차 회복되어 갔다. 『헤이트』에서는 '참혹한 혐오의 역사를 만든 것이 우리 인류였다면 끊임없이 성찰하고 극복해가는 것도 결국 우리의 몫'임을 이야기한다.

또한 조태구는 「코로나19와 혐오의 시대 - '올드 노멀'(old normal)을 꿈꾸며」에서 팬데믹 상황이 야기한 혐오의 시대에서 벗어나기 위해 우선 회복해야 하는 것은 자유롭고 평등한 인간 개인이라는 근대적 가치, 올드 노멀의 가치라고 제시한다. (조태구, 「코로나19와 혐오의 시대 - '올드 노멀'(old normal)을 꿈꾸며」, 조선대학교 인문학연구원, 인문학연구 제60집, 2020. 8p.)

혐오는 인간의 존엄과 대치된다. 인간은 평등하고 존엄하다는 가치가 혐오 바이러스의 확산을 막는다. 누리고 있는 것이 거둬지는 순간 지금까지 누리던 것이 특권이었음을 알게 된다. 혐오받는 집단에 속하지 않았으므로 안전하다는 생각은 착각이다. 코로나19의 시대는 우리에게 타당하고 옳다고 생각했던 것들을 돌아볼 시간을 주고 있다. 우리에게 필요한 건 확진자를 찾아내어 추방하는 사냥꾼의 추격이 아니다. 그들이 있는 곳이 어디든 돌봄이 필요하다. 따뜻한 돌봄의 공동체 안에 진정한 회복이 있음을 기억하자.

빛을 만나 아름답게 산란시키기 위해서는

태양에서 출발하는 빛의 입자는 우주 공간을 지나 지구의 대기층을 통과하면서 공기 입자와 부딪힌다. 빛이 대기를 통과해 들어오면서 공기 등의 입자를 만나 사방으로 퍼지는 이 현상을 산란(light scattering)이라 부른다. 우리가 눈으로 보는 색깔은 태양에서 오는 에너지 중 가시광선의 일부가 물질에 반사되는 빛이다.

햇빛은 모든 빛이 섞인 전자기파의 일종이다. 하늘과 바다가 파랗게 보이는 이유는 빛이 대기에서 공기 입자를 만나 산란이 되기 때문이다. 파장이 긴 빨간빛은 흡수되고 파장이 짧은 파란색 빛이 상대적으로 산란이 잘 일어나기 때문에 파랗게 보인다. 같은 파랑이라도 바닷물의 색깔이 다른 이유는 지형이나 생태계의 형태에 따라 반사하는 정도가 다르기 때문이다.

사람은 홀로 있을 때보다 관계 속에서 더 잘 표현되며 가족과 친구들 안에서 가치가 더해진다. 관계 속에서 내 안에 있는 것과 외부 자극이 만나 새로움을 만들기도 하고 다듬어지기도 한다. 때로는 단점이 외부 자극으로 인해 전혀 다른 아름다움을 창조하기도 한다. 산호조각과 조개껍데기처럼 쓸모없어 보이는 것들이 무성한 바다가 태양빛을 받아 에메랄드색의 아름다움을 나타내는 것처럼 말이다.

간호 또한 사람과 맺는 관계 속에서 진정한 의미가 완성된다. '나'라는 간호사는 같지만 만나는 환자, 의사, 보호자에 따라 다른 사람이 된다. 사람이 매개체인 간호는 어떤 사람이 간호하느냐에 따라 수준과 질적인 차이가 발생한다. 간호와 간호제공자 즉 간호사는 별개가 아닌 연결된 개념이다. 시간과 공간이 동떨어진 것이 아닌 시공간이라는 개념으로 연결된 것과 비슷하다. 사람과 간호는 별개의 존재가 아니고 서로 연결되어 상호 영향을 주면서 의미를 규정해간다.

간호는 무엇인가? 대한간호협회 홈페이지에는 '간호(Nursing)는 모든 개인, 가정, 지역사회를 대상으로 건강의 회복, 질병의 예방, 건강의 유지와 그 증진에 필요한 지식, 기력, 의지와 자원을 갖추도록 직접 도와주는 활동'으로 설명되어 있다. 즉 신체적인 질병의 회복만을 위해서가 아니라 한 사람 전체를 바라보고 회복을 돕는 활동이 간호다.

사진 Unsplash

누군가의 회복을 돕기 위해서는 먼저 나 자신을 살펴봐야 한다. 공기 중에 먼지가 많은 날은 하늘이 뿌옇다. 먼지는 공기보다 커서 모든 빛을 흩뜨리고 파란색 외의 다른 색깔들도 산란을 일으켜 흐리게 만든다. 먼지로 자욱한 상태에서는 먼지가 앞장서서 빛과 결합한다. 본연의 선명한 색깔이 나오지 못하고 잠겨버린다. 마찬가지로 상대가 호의를 가지고 다가와도 마음 안에 먼지가 쌓여 있으면 오해와 의심이 앞선다. 우주와 대기 속에만 입자와 먼지가 있는 것이 아니다. 마음과 말과 생각에도 입자와 먼지가 있으며 사람과 사람 사이에도 존재한다.

선한 사람은 마음에 쌓은 선에서 선을 내고,
악한 자는 그 쌓은 악에서 악을 내나니,
이는 마음에 가득한 것을 입으로 말함이라.

-「누가복음」6:45

빛이 올 때 먼지로 산란시킬 것인가 선명한 입자로 산란시킬 것인가는 평소 내 안에 쌓아놓은 것에 의해 나타난다. 빛과 내 안의 것이 만나 산란시키면서 나만의 빛깔이 만들어진다. 외부 조건이 좋지 않다고 불평할 것 없다. 고도가 높을 때만 빛이 아름다운 건 아니기 때문이다.

노을의 아름다움은 태양의 고도가 낮을 때다. 태양의 고도가 낮아질수록 태양빛이 대기층을 통과하는 경로가 길어진다. 해가 질 때의 분홍빛 구름은 대기에 수증기가 많아져 파장이 짧은 푸른색이 지표면에 도달하지 못하고 파장이 긴 붉은빛이 우리 눈에 도달하여 나타나는 현상이다. 고도가 낮다고 주저앉지 말자. 수증기, 공기, 먼지 등이 모두 재료이며 내 마음의 촉촉함과 맑음, 선함이 준비되어 있다면 합력하여 선을 이루듯 빛을 만나 아름답게 산란시킬 수 있다.

삼월이 그리고 나만의 신화를 꿈꾸며

'삼월이'로 첫 책을 낸 지 벌써 3년이 지났습니다. 언젠가는 간호사로서 나의 이야기를 쓰고 싶다는 소망을 실현한 지 3년이 지난 셈입니다. 지금도 간호사로 일하고 있는 저는 완성형이 아닙니다. 여전히 되어가고 있습니다. '되어감'은 '성장'을 의미합니다. 성장을 보통 양과 높이로 생각하지만 그보다는 깊어지고 넓어지고 싶었습니다. 작은 바람에 요동치지 않고 부드럽지만 단단한 내가 되고 싶었습니다.

'삼월이.'

글쓰기 동기들이 지어준 필명으로 '겨울을 녹이는 따뜻한 삼월의 봄바람'을 의미합니다. 저와 닮은 이미지라고 생각하며 지어준 동기들에게 그때나 지금이나 여전히 감사합니다. 지금은 필명 때문인지 3월을 좋아하지만 학창 시절에는 지독히 싫어했습니다. 3월이 되면 모든 것이 새로 시작됩니다. 학년, 반, 번호, 교과서, 공책, 담임 선생님, 교실, 시간표, 같은 반 친구들 등 모든 것이 초기화됩니다. 변화에 대한 설렘보다는 두려움이 많았습니다. 간호사가 된 후 3월의 초기화는 없어졌고 글을 쓰면서 '삼월이'로 필명을 짓고 나서는 3월 예찬론자가 됐습니다. 내가 그의 이름을 불러주었을 때 '꽃'이 된 것처럼 나를 '삼월이'로 불러주는 이들이 생기면서 봄의 따뜻함을 불러오는 존재가 된 것 같았습니다.

'삼월이'로 출간하게 된 두 번째 책은 여전히 간호사의 길을 가고 있는 진행형의 이야기입니다. 나는 나로 온전하지만 '삼월이'는 더 온전하게 해주었습니다. 글쓰기는 전공이자 직업인 간호를 통해 일상을 바라보고 삶과 융합하는 작업이었습니다. 모습과 대상만 다를 뿐 본질은 통하기에 일을 통해 세상을 바라보고 싶었고 글로 남기고 싶었습니다.

글을 쓰는 작업은 엉덩이가 무거워야 하지만 워킹맘으로 긴 시간을 낼 수 없었기에 토막시간마다 휴대폰에 글을 적고 옮기기를 반복했습니다. 단절된 시간이었지만 글이 완성됐을 때는 하나로 연결이 됐습니다. 마치 시냇물의 줄기는 여러 군데지만 호수와 강으로 합쳐지는 것처럼 말입니다.

처음에는 엄두가 나지 않았지만 인문학 공부를 하며 한 꼭지 한 꼭지 써갔던 글들이 모여 책이라는 결정체로 나오게 됐습니다. 그야말로 한 방울의 낙숫물이 바위를 뚫은 사건이었고 포기하지 않고 조금씩이 쌓여 만들어낸 결과였습니다. 책을 내고 나에 대한 신뢰감이 커졌습니다. 시작하면 해내는 사람이라는 자신감이 붙었습니다. 물론 시간은 걸립니다. 하지만 나의 속도로 가고 있기 때문에 나에게는 딱 맞는 속도입니다.

『오즈의 마법사』와 파울로 코엘뇨의 『연금술사』를 통해 사람들은 제각기 자아의 신화를 찾아가며 그 여정은 우리가 추구해야 하는 꿈의 과정을 닮았음을 알게 됐습니다. 책의 주인공들은 마법사를 만나기 위해 또 보물이 숨겨진 피라미드를 향하여 길을 떠납니다. 과정 중에 만난 바람과 사막의 모래, 오아시스, 도적들이 단순한 어려움이 아닌 나를 발견해나가는 재료인 것과 변화의 마법이 내 안에 있음을 깨닫게 됩니다. 그들은 모험과 역경을 통과하며 성장하여 영웅이 되지만 다시 나의 집, 일상으로 돌아옵니다. 돌아왔을 때의 일상은 그대로지만 나는 이전의 내가 아닙니다. 시야와 시각의 높이가 커지고 마음의 깊이와 성숙도가 깊어져 보는 모든 것이 달라졌기 때문입니다.

우리는 모두 자신의 신화를 만드는 주인공입니다. 나를

다듬어 전보다 나은 삶을 살아가는 건 평생에 걸쳐 진행되는 작업이자 연금술입니다. 『오즈의 마법사』의 허수아비가 원하던 두뇌, 양철나무꾼이 원하던 심장, 사자가 원하던 용기를 저는 간호사를 하면서 하나씩 키워나갈 수 있었습니다. 소심하고 뒤로 숨는 게 익숙했던 내가 나 자신의 걸음으로 걸어가는 용기, 이성과 가치관, 세상과 사람에 대한 따뜻함을 가지게 됐습니다. 해야만 하는 일들을 해내면서 근육이 붙었기 때문입니다.

다른 이들의 방식은 내 방식이 아니며 필요 없는 과정은 없습니다. 평범이라는 조건에 숨어 하루하루 근근이 살아가는 것이 아닌, 평범을 무기로 일상이라는 광활한 대지를 향해 길을 찾아가는 시간은 자신만의 신화를 만들어가는 과정입니다. 나의 신화는 간호사로서의 이야기와 일상을 엮어가는 작업이며 이는 소명과도 연결됩니다. 일상과 평범에 '나'라는 특제소스를 잘 버무리면 누구도 흉내 낼 수 없는 멋진 신화가 탄생하며 우리 모두는 주인공입니다. 우리의 여정을 응원하기 위해 『구본형, 내 삶의 터닝 포인트』 중에서 이한숙 님이 쓰신 멋진 글귀를 소개하고 마치려고 합니다.

> 여기까지 오기 위해 겪은 모든 진통을 사랑한다.
> 분명한 건 갈수록 나는 내가 하는 일을 좋아하고
> 더 좋아하는 방식으로 바꾸어 갈 것이라는 점이다.
> 나에게는 세상의 이목을 얻는 것보다 영혼이 기뻐하는 게
> 더 중요하다. 정말 원하는 것이 있으면 집중하고
> 꾸준히 물을 주어서 그것에 도달할 것이다.
> 내가 뭘 원하는지 잘 모른다면 내게 다가온 지금의 일에
> 성심을 다하며 기다릴 것이다.

세상이 내게 무엇을 가져다줄지 설렘을 가지고
하루하루를 살면 삶은 나를 배반하지 않는다는 걸 안다.
계획은 하되 신이 섭리한 우연이 내 삶에 흘러들도록
늘 여지를 남겨둘 것이다.

지금도 자신의 자리에서 신화를 만들어가는 모든 이들에게 또 현장의 간호사들에게 삼월의 봄바람과 사랑, 그리고 축복을 전합니다.

간호사가 만난 사람들

초판 1쇄 발행일 2023년 3월 30일

지은이 김혜선
펴낸곳 도서출판 달의뒤편
펴낸이 이헌건
디자인 디자인스튜디오 앤썸(wink3434@gmail.com)

주소 경기도 남양주시 진접읍 해밀예당1로 295 2401동 1004호
전화 0505 625 7979
팩스 02 6007 1725

등록 제399-2021-000037호(2021년 6월 14일)

ISBN 979-11-87132-51-6(03810)

* 이 책은 저작권법에 따라 보호를 받는 저작물이므로 무단전재와 무단복제를 금하며,

* 이 책 내용의 전부 또는 일부를 이용하려면 반드시 저작권자와
[도서출판 유심]의 서면동의를 받아야 합니다.